徳間文庫

# 貧乏神あんど福の神

田中啓文



徳間書店

# 目次

# 主な登場人物

## 葛 幸助

さる大名のお抱え絵師だったが失職。
今は、筆作りの内職で糊口を凌ぐ。

## キチボウシ

瘟鬼。幸助の家に住み着く厄病神。
普段は絵の中にいるが、ネズミのような姿で現れることも。

亀吉
弘法堂という筆屋の丁稚。
弘法堂
古畑良次郎
西町奉行所の定町廻り同心。
白八
古畑の手下。
お福旦那
大金持ちだが、その正体は謎。

イラスト
山本重也

デザイン：ムシカゴグラフィクス　鈴木俊文

# 第一話

# 貧乏神参上

# 1

朝晩がめっきり涼しくなってきた秋晴れの日。長屋のどぶ板のうえを走ってくる明るいカラカラした足音に、昼間から煎餅布団にくるまって熟睡《うまい》をむさぼっていた葛幸《かっこう》助《すけ》はむくりと身体《からだ》を起こした。痩せこけた胸にあばら骨が浮き上がっている。

(あの足音は……「弘法堂《こうぼうどう》」の鶴吉《つるきち》だな。いや、鶴吉にしては、走り方がちがう。もしかすると別の丁稚《でっち》か)

足音の微妙な差を聞き分けると、尖《とが》った顎を突き出し、無精ひげをぞろりと撫《な》でた。

天下の台所と呼ばれ、日本中の富が集まっている観のある大坂の地だが、そんな大坂にも貧乏人はいる。たくさんいる。めちゃくちゃいる。福島羅漢《ふくしまらかん》まえの裏通りにある棟割長屋、通称「日暮らし長屋」にはそういう連中が集まっていた。日暮らし長屋といえば風流に聞こえるが、じつは「その日暮らし」がその名の由来らしい。このあたりは、五百羅漢で名高い妙徳寺の門前町で、羅漢見物に集まる善男善女を目当てに居酒屋、料理屋、矢場などが並ぶ遊び場でもあったが、一見華やかな外見の裏側には、ごみごみした棟割長屋が広がっていたのである。

いつ建てたのかわからないほど古い長屋で、風が吹いたらぺしゃんこになってしまいそうなおんぼろさだ。入り口の戸のない家や障子が全部破れている家、天井が下がってきて頭を低くしないと入れない家、家財道具がひとつもない家なども多い。

そんな貧乏長屋のなかにも貧富の差がある。長屋の住人の商売は、たとえば煙管《きせる》の竹管を換える羅宇《らお》の仕替え屋、紙屑《かみくず》や割れた茶碗、破れた座布団などを買い取ってまわる紙屑屋、いんちき八卦見《はっけみ》、坂道で往生しているべか車（荷車）がいたら引き綱をかけて引っ張る「立ちんぼう」、下駄の歯の直し屋、鋳掛屋、傘張り、団扇《うちわ》屋、油売り、蠟燭《ろうそく》売り、襤褸《ぼろ》買い、女相撲の力士、東西屋、祓《はら》いたまえ屋……などなどであるが、職があるものはまだいい。ほとんどのものは定職がなく、日雇いでどんな仕事でもやる、まさに「その日暮らし」の連中だった。

家賃はいわゆる「日家賃」で、毎日支払うのが決まりだ。しかし、仕事にあぶれるどうしても滞《とどこお》る。一日払えなくても、つぎの日に二日分払えばよい。だが、二日分が三日分になり、四日分になって……と増えていき、気がついたら何カ月分も溜まっていた……ということになる。この長屋の住人たちは、そういう「家賃を溜める達人」ばかりだった。

「びんぼー神のおっさーん！」

入り口の外で声がした。

「びんぼ神のおっさん、いてはりまっかーっ。びんぼ神のおっさん……びんぼ神、びんぼ神！」

幸助は苦笑して立ち上がり、

「早《はよ》う入れ」

「へーい！」

元気よく入ってきたのは、「弘法堂」と染め抜かれた前垂れをした丸顔の丁稚である。くりくりした目をしていて、ほっぺたが赤く、鼻がつんとうえを向いていた。

「弘法堂から参じました亀吉《かめきち》と申します。よろしゅうお願いします」

「鶴吉はどうした」

「鶴吉っとんは受け持ちが代わって、今日からお職人回りはわてがやることになりました」

「そうか……亀吉、あまり貧乏神、貧乏神と家のまわりで呼ばわるな」

「なんでだすのん？　鶴吉っとんが、あのおっさんはびんぼ神や、て教えてくれましたんや。お金を持ってたためしがない。いつも借金で首が回らんとぴーぴー言うてる。着物は夏も冬もぼろぼろの垢《あか》じみた着流し一枚で、もとは黒かったんやろけど今は色が落ちたのとつぎはぎのせいで何色なのかもわからん。そのうえ、顔が貧相でびんぼくさい。せやからびんぼ神や、て……」

「鶴吉……あいつはろくなことを言わぬな。俺のことを陰でそう呼んでいるやつらがいるのは知っていたが、面と向かって言われたのははじめてだ。外聞が悪いではないか」

「へーっ、おっさんでも外聞を気にしまんのか。陰でこそこそ言われるより、正面切って言われたほうが気持ちええことおまへんか」

「まあ、そうかもしれんな」

「ほな、これで決まりや。これからおっさんのことはびんぼ神と呼ばせてもらいますのでどーぞよろしく」

亀吉はぺこりと頭を下げた。

「なにがよろしくだ」

幸助はかたわらの箱のなかから数十本の筆を取り出し、亀吉に渡した。亀吉は一本ずつそれを検《あらた》めはじめた。

「穂先よし、硬さよし、ふくらみよし、長さよし……いつもていねいな仕上がり、ありがとさんでおます」

すべてを持参の袋にしまい込むと、帳面に筆の数を記入する。筆屋の丁稚だけあって、なかなか達筆だ。

「小筆百二十本、中筆五十二本、大筆三十三本、と……たしかにちょうだいいたしました。これ、受け取りだす」

幸助は、差し出された紙に名を記し、亀吉に渡した。

筆作りにはたくさんの工程がある。まずは毛を選別し、汚れやゴミを取り除く。毛の長さを整え、糊《のり》をつけて固め、一本ずつの分量に分けて芯を作る。そこに衣毛《ころもげ》を巻き、糸で縛り、乾燥させたあと、最後に筆軸とくっつけてできあがりとなる。幸助が受け持っているのは、衣毛を巻かれた芯を糸で縛って乾かし、穂先と筆軸を接合する……という部分である。

「それで、これがお代でおます。たしかめとくなはれ」

亀吉が出した小銭を、幸助は調べもせずにふところに入れた。

「びんぼ神のおっさん、ひとつきいてよろしいか」

「なんだ？」

「おっさん、なんで侍髷《さむらいまげ》を結うてはりますのん？」

「これか。侍だからだ」

「嘘や」

「嘘ではない。俺は、葛幸助というれっきとした侍だ」

「幸助？　どう見ても、幸薄《さち》そうだっせ。不幸助にしときはったらどないだ」

「そんなことはどうでもよい。——俺の仕事を知っているだろう」

「知ってます。筆作りのお職人」

「それは内職だ。本職はほかにある」

「知らんかった。なんだすねん」

幸助は、一枚の紙を指差した。帆掛け舟とそれを操る船頭が描かれている。

「これを見ればわかるだろう。これはなんだ」

「——落書き？」

「ちがーう。俺の本職は絵師だ」

「ええーっ！　ほんまだすか」

「代々、絵事をもってある大名に仕えていた」

「ふーん、お侍って刀で斬り合いするだけやないんや」

「祐筆《ゆうひつ》と申して、文字を書く役目のものもいる。馬回り役といって、馬の世話をする役目のものもいる。侍といってもいろいろだ」

「へー」

「俺の代になったとき、わけあって浪人してな、今では市井の絵師だ。注文があればなんでも描く。だが、絵だけではとうてい食えぬゆえ、こうして筆作りの内職をしているというわけだ」

「なーるほど、得心しました。——この絵もおっさんが描いたやつだすか」

亀吉は、壁に掛けられた色紙の絵を指差した。墨で描かれ、簡単に彩色も施されている。衣冠束帯を身に着けた人物が座しており、その反対側に鬼のような妖怪のような変てこな連中が並んでいる。

「これはちがう。紙屑屋から二束三文で買ったものだ。筆の運びなど、なかなか巧緻《こうち》を超えた味わいがあるゆえ、朝な夕な眺めて愉《たの》しんでいる。陰陽師の安倍晴明と付喪《つくも》神《がみ》を描いた図だな」

「付喪神ちゅうと？」

「器物などが百年を経て化けたものを言う」

「器物て、茶碗とか箒《ほうき》とかだすか？」

「そうだ。草履でも下駄でも琴でも茶釜でも帯でも……なんでも化けるぞ。器物だけではない。猫も狐も百年の齢《よわい》になると化けるのだ」

「ははははは。びんぼ神が付喪神の絵を貼ってるやなんて、おもろいなあ」

「そうかな」

「五人並んでるけど、真ん中が白く抜けてますな。なんでだすやろ」

「ここにもう一体描くつもりで忘れたのかもしれんな」

「ははあ、なるほど。――びんぼ神のおっさん、もうひとつきいてよろしいか」

「なんでもきけ」

「この家、戸がおまへんな」

「この家だけではない。両隣も、向かいもないぞ」

「なんで、ないんだす？」

「焚《た》きつけにして燃やしてしまった」

「夜とか、風が入ってきて寒いことおまへんか」

「寒いがしかたがない。我慢すればよい」

「雨の日は困りまへんか」

「戸の代わりに莚《むしろ》を下げてあるだろう。少しの雨ならそれで防げる」

「大雨のときは？」

「我慢すればよい」

「ははははは。おもろいおっさんや」

亀吉は手を叩いて喜んでいたが、ふと部屋の隅を見て、

「あっ、ネズミや！」

そこには、小さな動物がこちらを向いてうずくまっていた。

「驚くことはない。こういう長屋にネズミはつきものだ」

「けど、絵を食い破られたら困りますやろ」

そのとき、その動物はひげを震わせながら、

「きちきちっ……！」

と小さな声で鳴いた。幸助はちらと見やると、

「ネズミに似ているが、あれはネズミではないのだ」

「えっ？」

亀吉はしげしげと見つめ、

「ははあ……めちゃくちゃ似てますけど、よう考えたらネズミは『きちきちっ』とは鳴きまへんわな。それに、色も茶色っぽいし、尻尾もふさふさしてる」

「そういうことだ。だから、絵を食い破る心配はない」

「こいつ、なんだすねん」

「わからぬが、俺は『キチボウシ』と呼んでいる」

「きちきち鳴くさかいだすか」

葛幸助がうなずくと、亀吉はキチボウシに向かって手を差し伸べ、

「よう見たらかわいいなあ。こっち来い……キチボウシ、こっち来い」

しかし、キチボウシはぷいっと向きを変え、どこかへ姿を消した。

「なーんや、逃げてしもたわ」

そのとき表から、

「ごめんなはれや」

入ってきたのは五十歳ぐらいの男だった。髪も太い眉も白髪まじりで、平べったい顔である。

「これはこれは家主《いえぬし》殿。なにごとですか」

「なにごとやおまへんがな、先生。わしが来たということは……」

「わかっている。家賃の催促《さいそく》だな」

「今、丁稚さんが入るのを見て、これは内職の手間賃が入ったやろ、と思て来ましたのや。さあ、溜まってる分、払とくなはれ」

「ははは……酒でも買おうと思っていたのだが、見張られていてはごまかしようがないな。もらったのはこれだけだ」

そう言うと幸助はふところから銭を出し、家主に渡した。家主は太い眉を寄せ、

「これで全部？」

亀吉ものぞきこんで、

「へえ、さっき渡したのはこれだけだす」

家主はため息をつき、

「これではとうてい足りまへんがな」

「足りぬかな」

「足りんもなにも……先生、どれだけ家賃溜めてるかわかってはりますのか」

「さあ……いくらだったかな」

「ちゃんと覚えときなはれ。百八十六日分……つまり半年分だすわ」

「そんなになるか。よく溜めたもんだな」

「ほな、これは内入れにしときますさかい、しっかり稼いで、残りも頼んまっせ」

「丸ごと持っていくのか？　それでは飯が食えぬ」

「うちに来て食べたらよろしいがな」

「それは心苦しい」

「いまさらなにを言うてまんねん。しょっちゅう食べにきてはるやおまへんか。それに、家賃を溜めるほうがよっぽど心苦しいはずだっせ」

「それが、そっちはなんとも思わぬのだ」

ふたりは笑い合った。家主が、金を財布に入れようとしたとき、なにかが飛び出してきてその手に噛《か》み付いた。キチボウシだ。

「うわっ、なにをする！」

家主は銭をあたりにぶちまけた。

「やめろ、キチボウシ！」

幸助が煙管を取り上げると、小動物はまたこそこそ逃げてしまった。家主は、散らばった銭をひとつひとつ拾い集めると、

「十一、十二、十三、十四……と。へい、これで全部おました。ほな、さいなら」

家主は出ていった。亀吉が感心したように、

「案外あっさり引き下がりましたな。もっと揉《も》めると思て、わくわくしてましたのに」

「ない袖は振れぬ。それに、この長屋のものはみな、俺同様、家賃を溜め込んでいる。――おい、亀吉。こんなところで油を売っていてよいのか。早う店に戻らぬと叱られよう」

亀吉は急につまらなそうな顔になり、

「そうですねん。お店にいるときはいつも番頭さんに見張られてるようなもんで、気の休まる暇がおまへん。やれ、手がとまってる、ぼーっとしてる、掃除しなはれ、三番蔵に行きなはれ、帳合いの手伝いしなはれ……丁稚使うのタダやさかい使わなんだら損やと思てなはる。わてら丁稚の息抜きゆうたら、こうしてお使いに出たときにあっちうろうろこっちうろうろすることだけだす。ちょっとでもお店に帰るのを遅らせようと思て……」

「ははは……遅れれば遅れるほど叱られることになるぞ。そろそろ帰りなさい」

「えーっ、もうちょっと遊ばせとくなはれ。どうせなにも用事おまへんのやろ」

「それはいいが……ここにいると災難に遭うかもしれんのだ」

「えっ？　妙なこと言わんといとくなはれ。なんでわてが災難に遭いまんのや」

「なぜかはわからんが、この家には凶事が起こりやすいのだ。悪いことは言わぬ。帰ったほうがよいぞ」

亀吉は怯《おび》えたような顔になり、

「こ、怖がらせて帰らそうと思ても、そうはいきまへんで。どうせ嘘だっしゃろ」

「嘘ではない。たとえばこの天井の焼け焦げだ」

幸助が指差したところを亀吉が見上げると、そこには大きな穴があき、穴の縁は黒く煤《すす》けたようになっていた。

「このまえ雷が近くの杉の木に落ちたとき、燃え上がった木の破片が飛び込んできたのだ。あわてて水をかけたので大事にはいたらなかったが、天井は燃えてしまった」

「こわーっ。間違《まちご》うたら丸焼けだすがな。けど……たまたまだっしゃろ」

「十日ほどまえは、ごろつき同士のいさかいがあってな、ひとりが刃物で刺されて大怪我をした。刺した男が血のついた刃物を持ったままここに走り込んできて、それを追いかけて町奉行所の捕り方もやってきて、たいへんな騒ぎだった」

「おっさんはぶるぶる震えてましたんやろ」

「ははは……そうだったかな。五日まえには、妙徳寺の境内の勧進相撲で、負けた相撲取りが自棄酒《やけざけ》を飲んで、だれかれなく喧嘩《けんか》をふっかけはじめた。丸太を振り回したりして、手がつけられん。そのうちにこの家に暴れ込み、ほら、そこのへっついに手のひらの形がついていてひび割れしているだろう。その相撲取りが、へっつい相手に張り手をかましたのだ」

「ふえーっ、直さんと使いものになりまへんがな。それはほんまに災難だすな」

「まだあるぞ。つい昨日のことだ。堂島で荷物を運んでいた馬がなにに驚いたのか急に走り出してな、浄正橋を渡ってこの長屋に迷い込んできた。俺は昼寝をしていたんだが、入り口から馬が入ってきて、俺を飛び越し、そこの壁に体当たりした」

「それは嘘や」

「嘘ではない。まことだ。ひづめの痕がついているはずだ」

「ほんまや……。で、その馬はどないしましたん？」

「俺が、『出ていけ』と言ったら、『ひひん』と答えておとなしく出ていったよ」

「あはははは……そんなアホな」

「ここにいるとおまえも禍事《まがごと》に巻き込まれるぞ」

「ま、ま、また、こどもを怖がらせようと思て……」

「そうではない。つぎは牛が来るかもしれんぞ」

「う、牛！」

亀吉は立ち上がると、

「ほな、わて、去《い》にまっさ。お邪魔さま。明日、つぎの材料持ってきますさかいよろしゅう」

「弘法堂の主《あるじ》によろしくな」

「へーい」

亀吉はあたふたと出ていった。

◇

「あーあ、こどもを怖がらせて追い出すやなんて、せこいおっさんや。さすがびんぼ神やな。それにしても汚い家やった。畳も敷いてない。着物も、どないしたらあんな具合にぼろぼろにできるかなあ。筆作りは上手やから、うちからけっこう仕事回してるのに、なんであんなに貧乏なんやろなあ。絵が下手すぎるんかなあ……」

葛幸助の家を出た亀吉は、ぶつぶつ言いながら裏長屋のせせこましい路地を歩いていた。日暮らし長屋、またの名を「百軒長屋」というとおり、五軒長屋、八軒長屋といった棟割長屋が前後左右にすし詰めに並んでおり、しかも場当たり的な建て増しを繰り返して大きくなった長屋なので、木戸へ向かう道は迷路のようである。

「お、さっきの丁稚さんやないか。もうお帰りか」

顔を上げると、平べったい顔の家主が井戸端で煙草を吸っていた。

「へえ、あの家にいてたら災難が降りかかる、ゆうて追い出されましたんや」

家主は笑いながら、

「家主のわしが言うのもおかしいが、あの家はどうもそういう厄難の相があるようやな。長屋のほかの家も貧乏なのは一緒やが、あそこはそれだけやのうて、なんやかんやと災いが降りかかるのや。軒並み、同じ作りの家が並んどるというのに、燃えた木が飛び込む、刀持った男が飛び込む、酔うた相撲取りが飛び込む、馬が飛び込む……ちゅうたらあの先生とこなんや。まるであの先生が災難を呼び込んでるみたいやな」

「家主さん、あのびんぼ神のおっさんのことをなんで先生て呼んではりますのん？」

「びんぼ神のおっさんやなんて罰《ばち》が当たるで。だれも知らんことやけどな……あのおかたはほんまはえらいえらい、えらーい先生なんや。わしらはかっこん先生て呼んどる」

「かっこん先生？　なんのこっておます？」

「あの先生は、号を葛鯤堂といわはる。せやさかいにかっこんどう先生、縮めてかっこん先生や」

「かっこんどうて葛根湯みたいな名前だすなあ。なんでそんな変な号にしはったんやろ」

「そこまでは知らんなあ」

「そんなにえらい先生やったら、絵がもっと売れてもええのとちがいますか」

「いや……その……絵が上手《うま》いかどうかは、わしにはようわからん。だれも注文するもんがおらんということは、あまり上手いとは言えんのとちがうかな」

「ほな、なんでえらいんだす」

「あの先生はやっとうが達者なんや」

「やっとうて剣術だすか。どう見てもそうは思えまへんけど。侍やて言うてはったけど、刀も持ってるかどうか怪しいもんだっせ」

「見かけはああやけどな、たとえば血刀提《さ》げたごろつきが斬りかかったのを、手でパッと受け止めて、叩きのめしたんやで」

「こどもやさかいなんでも信じると思たら間違いだっせ。刀を手で受けたら、手が切れてしまいますがな」

「それが、真剣白刃取《しんけんしらはど》りというやっちゃ。両手で拝むようにして受け止めはったのや。それに、相撲取りが突進してきたときも、逃げもせんとまえに立ちはだかって、相撲取りの指が身体に触れるか触れんか、というときに両手でひょいとひっくり返したのや。あんな重い相撲取りがぶっ飛んで、へっついにぶつかって伸びてしもた。まるで手妻《てづま》を見てるようやったなあ」

「たまたまとちがいますか？」

「そう思うやろ。そやねんなあ。だれも信じんのや、かっこん先生が強い、いうことをなあ」

「わても信じられまへんわ。――ああっ！」

亀吉は大声を出した。

「えーらいこっちゃ！　びんぼ神のおっさんの家に帳面忘れてきた。取りにいってきまっさ」

「ははは、あんたもぼんやりやな」

焦った亀吉は、もと来た道を引き返した。

「どこやったかいなあ……」

見かけは同じような、傾きかけた長屋を順繰りに探していると、

「おい、そこの素丁稚」

　野太い声がした。振り返った亀吉の顔から血の気が引いた。立っていたのは、上半身は裸身に半纏をひっかけただけ、下半身はふんどしだけ……という姿の男だった。目には目やにがこびりつき、ごわごわのひげを生やし、頭は自分で剃《そ》ったのかあちこちに剃刀傷《かみそりきず》がある。胸から腹にかけて剛毛が生えており、それをばりばり掻《か》きむしりながら、

「おのれ、弘法堂いう筆屋の丁稚やな。隠してもあかん。前垂れに店の名が書いてある」

「へ、へえ……わては弘法堂のもんだすけど、なんぞご用だすやろか」

「丁稚がこのあたりをうろついとるゆうことは、長屋におる筆の職人からできあがった筆を集めてまわっとる、とわしはにらんだ。——違《ちご》とるか」

「い、いえ、おっさ……おっちゃんの言うのが当たっとります」

「ということは、職人に払う手間賃を、おまえ、持っとるな」

「それがその……手間賃の分はもう支払《しはろ》うてしまいましたんで、今は持ってまへん。ほんまだす。嘘いつわりはおまへん」

「ふふん……『手間賃の分は』とぬかしたな。ということは、ほかになんぼか持って

るやろ」

亀吉はびくりとした。帰り道、焼き芋でも買い食いをしようと小遣いを懐中していたのだ。それを悟られぬようにこにこと笑いながら、

「丁稚の分際で、いらん銭は持ってまへんて」

「いや、持っとる。ちょっと財布見せてみい」

男は猿臂《えんぴ》を伸ばして、亀吉のふところに手を入れようとした。

「いやん！」

亀吉は身体を斜めにしてそれをかわし、どうやって逃げようかと周囲に目を走らせた。しかし、逃げてもこどもの足だ。すぐに追いつかれてしまうだろう。昼間のことで、あたりにひと影はない。男は働きに出ているだろうし、女は家のなかで内職をしている時間帯だ。大声を上げても、だれかが出てきてくれる保証はないし、出てきたとしても助けてくれるかどうかはわからない。むしろ、そのことでこの男が激昂し、どつかれるかもしれない。男はそんな亀吉の心を見透かしたように、

「逃げるなよ。おとなしゅう金を出したら、このまま店に帰したるけど、逃げたらひっつかまえて、ぼこぼこにどつくさかいな」

「ぼこぼこ……！」

恐怖のあまり亀吉は財布を取り出し、

「すんまへん、五十文しかおまへんねん。これでぼこぼこは堪忍しとくなはれ」

男はにやりと笑い、

「そうか。ほなそれで許したろ。こっちへ寄越せ」

そう言って財布に手を伸ばそうとしたとき、

「亀吉、帳面を忘れていたぞ」

声がしたほうを見ると、葛幸助が立っていた。

「びんぼ……貧乏な先生！」

「からまれているのか？」

幸助は苦笑して、

「いや……その……なんというか……」

亀吉は、幸助がでしゃばることで、余計に話がややこしくなるのでは、と危惧した。

(こんな弱っちいお侍が下手に手出ししたら、それこそぼこぼこにされるかも……)

しかし、幸助は男に向き直り、

「この長屋には貧乏人しかおらぬゆえ、おまえのようなダニの餌場にはならぬ。長居は無用だ。出ていくがいい」

「な、なんだと……！」

ダニと呼ばれてカチンと来たらしい男は、

「貧乏侍、その細い首の骨折ったろかい！」

そう叫んで幸助に飛びかかった。幸助はよけようともせず、笑いながら男の半纏を右手で引っ摑《つか》むと、

「えいっ！」

大喝とともに地面に叩き付けた。

「うぎゅっ……！」

男は情けない声を立てたあと、ひくひく痙攣《けいれん》しながらしばらくうずくまっていたが、泥だらけで立ち上がり、

「ぶっ殺したる！」

ふところに手を突っ込んだ。

「匕首《あいくち》があるように見せているが、持ってはおるまい。出してみろ」

「うう……」

男は歯嚙みをして、

「覚えてけつかれ」

どぶ板のうえを走り去った。亀吉はホッとしてその場にしゃがみこんでしまった。

「言うたとおりだろう」

幸助に言われて、

「へえ……さっそく災難が降りかかってきました」

「これを取りに戻ったのだろう。ほれ」

幸助が差し出したのは帳面だった。

「すんまへん、おおきに。あと、ごろん棒から助けてもろて、おおきに」

「ははは……礼を言われるほどのことではない。もう戻ってはこぬと思うが、早う帰ったほうがよいぞ」

「そうします」

そう言ったあと亀吉は、幸助を穴のあくほど見つめた。

「なんだ。俺の顔になにかついているか」

「いやあ……ひとは見かけによらんとはよう言うたもんや。びんぼ神のおっさん……ほんまは強いんだすなあ」

「強いというほどではない。若いころ、絵の稽古が嫌いで、毎日剣術の稽古ばかりしていた、というだけだ。おかげで絵は下手のままだ」

そう言って幸助は高笑いした。

◇

莚を持ち上げて家に入った葛幸助は、部屋の隅にちょこんと座っている小動物に声をかけた。

「キチボウシ……言っただろう、客があるときは姿を隠しておけ、と」

ネズミのような生き物の輪郭がぼやけ、一瞬ののちには老人の姿に変わっていた。

老人といっても、ネズミとほぼ同じ大きさである。頭のてっぺんは禿《は》げているが、左右に髪の毛を長く垂らし、口ひげも床につくほど長い。目はまん丸で、鼻はやけに高く、前歯が二本だけ飛び出していて、ネズミに似た面相と言えそうである。白い着物をだらしなく身にまとい、節くれだった杖を右手に持ったその老人は意地悪そうに笑うと、

「よいではないか。年端もゆかぬ丁稚に、わが正体を見破れるはずもないぞよ」

「こどもをあなどるな。大人よりも気働きが鋭いのだぞ」

「いひひひ……我輩をだれだと思うておる。小児の一匹や二匹、頭からガリガリと食

い殺してやるわい」

小さな老人は鼻で笑うと、その場にあぐらをかいた。

「大口を叩くな。逆さまにつかみ殺されるぞ」

老人は「きちきちっ」と笑った。

「それに、家主に噛み付くのもやめろ。どうせ負けるのだ」

「ふん、酒を買う金を奪うような輩《やから》はこらしめてやればよいのじゃ」

「どうせ負けるくせに……」

「つぎはもっと強く噛んでやる」

幸助はため息をつき、

「おまえとの腐れ縁もそろそろ終わりにしたいものだな」

「それは我輩の台詞《せりふ》じゃ。早う放免してくりゃれ」

「そうはいかん。そんなことをしたら世間が迷惑する」

老人は舌打ちして、

「世間に迷惑をかけるのが我輩の役割ぞよ」

「だれも頼んでおらぬ。おとなしくしておけばよいものを……」

「そう思うか？ 我輩のような瘟鬼《おんき》が災厄をもたらすゆえ、この世は回るのじゃ」

瘟鬼とは、厄病神のことだ。疫病神とも書くが、悪事災難を引き起こす邪神だと言われている。しかし、実際には災難をおのれが起こしているのではなく、厄病神のところに災難のほうが勝手に集まってくるのである。

「たとえば大火事が起きて一面が焼け野原になれば、家を建て直さねばならぬじゃろ。そうなりゃ材木屋はもうかる。大工ももうかる。もうかった金で飯を食う、酒を飲む、着物を買う……これが世の中の仕組みぞよ。戦《いくさ》が起これば武具屋がもうかる。飢饉《ききん》が起これば米屋がもうかる。災難が起こらなければだれももうからず、その国は滅びてしまう。我輩はこの世のためになっておるのじゃ」

「えらそうなことを言うな。さほどの災難を招く力もないへたれ厄病神のくせに。おまえがもたらす災難というと、たかだか丁稚がたかりに金をせびられたり、相撲取りが暴れこんでくるぐらいではないか」

老人はまたも「きちきちっ」と笑い、

「今に見ておれ。おのしが腰を抜かすほどの災難を招いてやるからな」

「せいぜいがんばってくれ」

老人は両腕を突き出して欠伸《あくび》をすると、

「だいぶ疲れたわい。そろそろ棲家《すみか》に戻って昼寝をするとしよう」

そして、壁に掛けられた絵のなかにいきなり飛び込んだ。五体並んだ付喪神の真ん中にその老人が加わり、都合六体になった。ネズミに似た顔をした老人は、つまらなそうな、意地悪そうな表情でこちらを見つめている。幸助はため息をつき、出がらしの薄い茶を湯呑みに注《つ》ぐと一口飲んだ。

葛幸助は狩野《かのう》派の名高い絵師、葛鯉井《かつりせい》の嫡男である。葛家は代々、ある大名家に絵師として仕え、禄を頂戴していた家柄だが、ことに葛鯉井は名人と呼ばれ、その絵は他家や公家、富裕な商人からも引き合いが絶えなかったことから「葛鯉井先生《かっこいいせんせい》」と呼ばれていた。しかし、その家を継ぐべき幸助は、幼少時から絵の修業を嫌い、剣術指南役だった坂崎玄馬《さかざきげんば》という柳生新陰流の流れを汲む剣客の道場で剣術の稽古ばかりしていた。

二十歳を過ぎたころ、父の鯉井が急逝し、幸助が跡を継ぐことになった。絵師としての名は「葛鯤堂」にした。鯤というのは中国の「荘子」に出てくる巨大な魚で、北国の海に住み、その大きさは数千里もあるという。父親が「鯉」なら俺は「鯤」だ、という気宇壮大な洒落《しゃれ》のつもりだったが、残念なことに絵の技では父には遠く及ばなかった。いろいろ描いているあいだに、次第に絵の面白さにも目覚めていったのだが、技術を磨こうという気持ちはなく、ただ感じたままを絵にするだけだったので、犬を描けば猫に、鶴を描けば鳩に、こどもを描けば老人に、城を描けば掘っ立て小屋に見える、という評判であった。しかし、当人は一向気にしなかった。

あるとき主君から肖像画を描くよう命じられ、幸助としては力を入れたつもりだったが、できあがったものを持参すると、そのあまりの下手くそさに激昂した主君は、

「鯤堂……この絵はなにかの間違いであろうな」

「恐れながら、自分ではよく描けたと思うております」

「たわけもの！　貴様には、余の顔がかかる化けものに見えると言うのか。目通りかなわぬ！　下がれ、下がれ！」

帰宅後、家老から蟄居《ちっきょ》閉門を言い渡され、のちに葛家断絶の沙汰が下った。正式に「浪人」ということになったのである。母親もすでに死亡しており、兄弟姉妹はいない。天涯孤独の幸助は、大坂に出た。天下の台所ならば、なにか絵の仕事があるだろう、と思ったのだ。しかし、そう甘くはなかった。「狩野派の絵師葛鯤堂」という看板を掲げるとはじめのうちはそれなりに絵の依頼が来たものの、わけのわからないものを描いて依頼主を怒らせてばかりで、次第に注文がなくなっていった。そのうちに金がなくなり、裏長屋に逼塞《ひっそく》……ということになった。

そうなるとまともな仕事は来ないが、絵師としての幸助にとどめを刺したのは、海

原に浮かぶ帆掛け舟を描いたときだった。水平線に沈む夕陽が背景になっている。よい図案だというので、なかなか好評だった。気をよくして幸助は同じ絵を十数枚描いた。ところが、それを買ったひとりの商人が急に没落してしまった。それだけなら偶然で片付けられるが、同じくその絵を購入した医師が往来で駕籠《かご》から投げ出されて大怪我をしたり、人気が上り調子だった相撲取りがその絵を買った途端負けが込みはじめた……などといったことが重なり、

「葛鯤堂の絵を買うと身代が沈む、運が沈む、陽が沈む」

と忌避されるようになった。「貧乏神」と陰口を叩くものも現れた。長屋のこどもたちからは「葛鯤堂」ならぬ「風邪にも効かぬ葛根湯」と馬鹿にされ、住人たちからは「かっこん先生」「かっこんのおっさん」などとも呼ばれている。

以降は、ときおり「化け物集め」などといった安物の絵草紙にでたらめな妖怪を描いたり、瓦版の挿絵を描いたりしているが、どれもタダ同然で引き受けているから、それだけで暮らしは立たない（ただし、筆が早いので瓦版の版元からはたいへんに感謝されている）。しかたなく筆屋の「弘法堂」から筆作りの内職の仕事を回してもらい、細々と生活している、というわけなのだ。

（こういう暮らしも悪くはない……）

幸助はそう考えていた。城勤めをしていたころは、なにかと気を配ることが多く、それだけで神経をすり減らして一日が終わったものだが、今はなにも考えずに日々を送れる。溜まっていく家賃だけが悩みと言えば悩みだが、近頃はあまり気にならなくなってきた。金がなくても、人間、なんとかなるものだ。切り詰めるところは切り詰め、我慢するところを我慢すれば、案外、生きていくうえで必要な金は小額なのだ。

家主の藤兵衛《とうべえ》がどういうわけか幸助のことを気に入り、ときおり飯を食わせてくれる。ときおり、というより、しょっちゅうと言うべきか。幸助の絵を買うと運気が下がる、と言うものもいるが、幸助自身は、

（俺は、運がいい）

と思っていた。その日その日を楽しく生きる……それが幸助の信条だった。「日暮らし長屋」でのその日暮らしでは、そう考えないとやっていけない。だが、それは彼の気持ちに合っていた。今、大坂の地では大勢の貧乏人がいる。そんな連中がひとりも欠けることなく分かち合い、助け合いながらもなんとか「その日」を送ることができれば……と幸助は思っていた。

ただ、問題がひとつある。さっきの老人……厄病神である。

数年まえ、紙屑屋が持ってきたぼろぼろの絵がどこか気に入り、三文で購《あがな》った。し

かし、それ以来、身辺に碌《ろく》なことが起こらないので、どうもおかしい……と思っていたある日のことだ。幸助は、筆作りの仕事で徹夜したので、納品のあと昼間からごろ寝をしていた。少しうとうとしたとき、壁にかけてあった絵が風もないのにかさかさと動いたのだ。寝たふりをしながら薄目をあけて様子をうかがっていると、六体並んでいる付喪神の真ん中の一体がするりと絵から抜け出した。小さな老人で手に杖を持っている。老人は幸助の寝息を確かめると、どこかに出ていこうとしたので、幸助は半身を起こし、

「こらあっ！」

と怒鳴って拳《こぶし》を振り上げた。老人は仰天したようで、仰向《あおむ》けにひっくり返った。幸助が老人の身体を押さえつけると、老人はネズミに似た小動物に形を変え、手をすり抜けて逃げようとした。しかし、幸助は間一髪、その動物の尻尾を摑んだ。動物はふたたび老人の姿に戻り、

「痛い、痛い痛い……手を放せ」

もちろん放すわけがない。幸助は、

「おい……おい、小さなジジイ、おまえはなんだ。俺の目が、いや、俺の頭がおかしくなったのか」

老人はじたばたもがいていたが、やがて観念したらしく、

「我輩は瘟鬼ぞよ」

「オンキ？　なんだ、それは」

「そんなことも知らぬのか。学のない俗人めが。瘟鬼というは厄病神のことぞ」

「厄病神だと？　世の中に災いをもたらしているのはおまえか。ひねり潰《つぶ》してやる」

「ま、ま、待て。我輩にはそんな力はない。厄病神というのはな、そこにおるだけで勝手に災厄のほうから近寄ってくるのじゃわい」

「余計に悪かろう。おまえさえいなければ災厄は寄ってこないのだろう」

　幸助が、握る手に力を込めると、

「待てと言うに！　わからんやつじゃ。我輩は名を業輪《ごうりん》叶井下《かのういげ》桑律斎《くわりっさい》と申してな、八百年まえ、安倍晴明なる陰陽師の呪法によってこの絵のなかに塗り込められてしもうた。おのしが解き放ってくれたによって、ようよう呪縛から抜け出ることができたのじゃ。ここでひねり潰されてたまるものか」

「なに？　おまえが出てきたのは俺のせいだというのか」

「左様《さよう》さ。おのしはこの絵を購うたとき、酒をひとたらし我輩のうえにかけたであろう。あれで我輩は目が覚めたのじゃ」

老人は「きちきちっ」と笑った。そう言えば幸助は、この絵を買ったとき、夜中に一杯飲みながら愛《め》でていた。うっかり酒を垂らしたことがあったかもしれない。

「我輩の好物は酒とスルメぞよ。良き香りに封印が解け、絵から出てみれば、あれから八百年が経《た》っておった。今は安倍晴明のような腕のある陰陽師もおるまい。久しぶりに災厄という災厄を寄せ集め、この世に暗雲をもたらそうぞ。ひひひ……楽しみじゃ、楽しみじゃ」

幸助は厄病神の頭をげんこつで叩いた。

「痛いっ。なにをする、無礼者め！」

「無礼もくそもあるか。そんなことをするなら、この絵を焼いてしまうぞ」

厄病神の顔色が変わったのを幸助は見逃さなかった。

「か、か、か、か、かまわぬさ。絵など焼かれても、我輩、痛くもかゆくもこそばゆくもないぞよ。やれるものならやってみい」

「そうか、ならばこの煙管の火を……」

「うわったあ！　まままま待て。待てと申すに。気の短いやつじゃ。――我輩、いまだ安倍晴明の呪詛に半ば縛《いまし》められておる。帰りどころがなくなっては困るのじゃ！」

厄病神は今、「鬼《き》」としてこの世を漂っている状態だが、棲家である絵を燃やされたり、破かれたりすると、帰る場所がなくなり、そのうちに空気に溶け込んで消失してしまうのだという。

「よいことを聞いた。ならば、俺の言うことをきけ」

「なにが所望ぞ。言うてはなんだが、我輩は厄病神じゃ。神と名は付いておるが、災厄を招き寄せるぐらいしか能はないぞよ。金持ちにしてくれ、とか、立身出世させてくれ、とか、どこかの姫君と夫婦にしてくれ、とか言われても叶《かな》えてやることはできぬ」

「そんな望みはない。おまえはどこにも行かず、俺のところにいろ」

「――は？　それがおのしの望みか」

「そうだ」

「我輩がおると、おのしがところに悪事災難がつぎつぎ舞い込むが、それでもよいのか」

「ああ、そうだ」

厄病神はまじまじと幸助を見つめ、

「おのしはなかなか変わっておるな。たいがいの人間は厄事から逃れようとするものぞ。だから、くだらない神社仏閣が繁盛する。なにゆえおのしは災難を求める」

「求めるわけではないが、おまえがよそに行けば、そこのものに災難が降りかかるだろう。俺のところにいれば、俺が一手に引き受けることになる。ほかのものが助かるではないか」

「ううむ……」

厄病神は唸《うな》ったあと、きちきちちっ……と笑い、

「なかなか面白いやつじゃ。おのれが犠牲になって、ひとを助けたいと言うのか」

「そんな見上げた志ではない。厄病神がまことに在ると知っているものも少なかろうし、今、俺は暇にしている。世間に代わって厄介ごとを引き受けてやろう、ぐらいの気持ちだ」

「それではつまらん。いくら災難を引き寄せてもすべておのしがかぶる、というのでは、やりがいがないぞよ」

「そんなことは俺の知ったことか。嫌ならこの絵を焼くまでだ」

幸助はふたたび煙管の先を絵に近づけた。

「わわわわわかった。わかったから煙管を絵から遠ざけろ。――よし、当分ここにいてやろう。そのかわり、さっきも言ったが、我輩は酒とスルメを好むゆえ、毎日出

してくれ」

「それは無理だ。見てのとおり、俺には金がない」

「そうか、困ったのう。まあ、しかたない。たまに金が入ったときでよいからお神酒《みき》とスルメを供えてくりゃれ」

「約束しよう。だが、業輪叶井下桑律斎では呼びにくい。キチボウシではどうだ」

「よかろう。名前など、ただの符丁ぞよ」

というわけで、厄病神キチボウシが幸助のもとに棲《す》むことになったのだ。たいがいは絵のなかに入っていて、ときどき外に出てくるが、普段は小動物の姿をしている。ネズミでもイタチでもテンでもないので、目の利くものに気づかれたら困ると思うから、他人がいるときは出てくるな、と命じてあるのに、そういうときに茶々を入れたくなる性分のようで、さっきのようにちょろちょろと現れるのだ。

キチボウシと暮らすようになってから、たしかにこの家には災難が増えた。しかし、思っていたほどどえらいものではなく、燃えた木や馬や相撲取りが飛び込んでくるという程度なので、今のところはなんとか対処できている。暇つぶしにもなるし、少しでも世の中のためになっている、という実感もある。どうやらキチボウシの厄病神としての能力はそれほど高いものではないようなのだ。

◇

「ただいま戻りましたー」

暖簾《のれん》をくぐった亀吉が声を張り上げると、鶴吉が近寄ってきて小声で言った。

「亀吉っとん、遅かったやないか」

「そ、そうかあ？」

「番頭さん、えらい怒ってはるで」

「ほんまかいな」

なんと言って言い訳しようかと亀吉が考え込んだとき、

「こらあ、亀吉！」

一番番頭の伊平《いへい》に見つかってしまった。

「今ごろまでどこをほっつき歩いてたのや。おつかいに出たのはずいぶんまえやで。それも何軒か回って筆をもろてくるだけやないか。どうせどこぞで油売ってたんやろ！」

「ち、ち、ちがいます！」

「なにがちがうのや」

「福島羅漢まえのびんぼ神……幸助さんのところに行った帰りに、ごろん棒にからまれて、お金を奪《と》られそうになりましたんや。大事なこのお金、奪られてなるものか、とわては必死でお金を守りました。そんなこんなで遅うなりましてん。えらいすんまへん」

　嘘はついていない。そのまえに幸助のところでだらだらしていたことを省略しただけだ。

「はあ? 羅漢まえ言うたら最後に回るとこやろ。手間賃を払うたら、金なんか持ってないはずやないか。大事な金、てどういうことや」

「そ、そ、それは……焼き芋を……」

「やっぱりそうか。帰りに買い食いしようとしてたな。おつかいが終わったら、どこへも寄らず、まっすぐ帰ってくるようにいつも言いつけとるはずや。どうせごろん棒に襲われたというのも嘘やろ。そない言うたらわてがだまされるとでも思うたか」

「それはほんまだす。信じとくなはれ」

「いいや、嘘に決まってる。ほな、そのごろん棒からどないして逃げたのや。言うてみなはれ」

「葛幸助の先生が助けてくれましたんや。そいつの半纏を摑むやいなや、ずってんどう、とその場に叩きつけて……」

番頭は手をひらひらさせて、

「アホ言うな。あんな瘦せ馬みたいなあのひとがそんな強いわけあるかいな。嘘つくのやったら、もうちょっともっともらしい嘘つかんかい。今日という今日は仕置きをします。こっちに来なはれ」

「嘘とちゃいます。あの先生はほんまはごっつう強いんだす」

だが、伊平は聞く耳を持たず、

「まだ言うか。帰りが遅れたのはようないが、嘘をつくのはもっとあかんこっちゃ。――よし、三番蔵に放り込んでしまお」

「ええーっ！　それだけは堪忍しとくなはれ！」

三番蔵のあたりは昼でも薄暗く、じめじめしているし、なかはもちろん明かりはない。筆の材料になる動物の毛皮などが仕舞われていて、丁稚たちは用事で入るのも嫌がっていた。そこに放り込まれて外から鍵を掛けられたら……と思うと、

（おしっこちびるかも……）

亀吉は震え上がった。

「番頭さん、許しとくなはれ。これからはお使い早うしますさかい……」

「あかん。商人に駆け引きはいるが、嘘はいかんのや。それを身に染みてもらうために仕置きを……」

「う、う、嘘やおまへんて。ほんまにあの先生は剣術の腕がおますねん」

「いつまで言うとるのや。――えーと、三番蔵の鍵はどこやったかいな……」

伊平が鍵を探しているところへ、

「すんまへん。荷物、こちらへ置かしてもろてよろしいか」

入ってきた男が声をかけた。伊平は顔を上げ、

「ああ、今助《いますけ》はんかいな。ご苦労さん。――そこに置いてんか。今、検めるよって」

男は藁《わら》で包んだ荒縄で縛ったものをふたつ、結界（帳場格子）のまえに積み上げると、書き付けを伊平に手渡した。伊平は品物を検分しながら、

「あんたとこの品、何べんか買わしてもろたけど、品物がええうえに値も安いさかい大助かりや。また、頼むで」

そう言うと、銭函《ぜにばこ》から金を出して支払いをした。

「承知しました。わしも、こちらさんはええ筆をお作りなさる、と聞いとったもんで、使《つこ》うてもろて本望でおます」

伊平は亀吉に、

「亀吉、この品、裏に持っていって三番蔵に入れときなはれ」

すると、男は、

「いえ、えろう重たいさかい、わしが運びますわ。よっこいしょと」

荷物を包み直すと担ぎ上げ、店の裏へ向かった。

亀吉が、

「あのおひとは……？」

「おまえははじめてやったかいな。こないだからうちに出入りしてる今助はんや。なかなかええもん持ってくるわ」

そのとき、今助という男が戻ってきて、

「すんまへん。えらそうなこと言いましたが、お家があんまり広いさかい、どれが三番蔵やらわかりまへんでした。手数《てすう》かけますけど、丁稚さんひとりお貸し願えまへんやろか」

「はははは……亀吉、行ってあげなはれ。そのあと、材料が届いた、言うて、毛の選り抜きの職人に声かけとくれ」

「へーいーっ！」

亀吉はここぞとばかりに大きな声を出し、先に立って今助を案内した。問われるまま、これが一番蔵、こっちが五番蔵、あれが離れであっちが茶室……とほかの建物の説明もした。

（番頭さん、わてのこと忘れてるわ）

亀吉はそう思ってほくそえんだ。

◇

夕方、葛幸助は目を覚ました。あれからまた眠ってしまったようだ。筆を納品してしまうと、つぎの材料が来るまではとことん暇である。今のところ、絵の注文もない。瓦版屋もタネがないとみえて、なにも言ってこない。寝るぐらいしかすることがないのだ。

ぐう……と腹が鳴った。ごろごろしていても腹は減る。もう三日もなにも食べていないのだ。しかも、四日まえに食べたのは豆腐一丁だけである。これ以上痩せたら、腹の皮と背中の皮がくっついて、ひらひらになってしまいそうだ。

（やむをえぬ。家主のところに行くか……）

幸助は四、五日に一度、夕食を家主のところでよばれている。申し訳ないとは思っているのだが、向こうから、飯を炊きすぎたから来い、だの、おかずを作りすぎたから来い、などとしつこく誘ってくるので、家主の顔を立てるために相伴《しょうばん》しているようなものだ。丸腰で、草履《ぞうり》を突っかけて外に出る。

家主藤兵衛の家は、幸助のところから東へ八軒先にある。戸のまえに立ったものの、なんと声をかけていいものかいつも迷う。

「こんばんは」

には早過ぎるし、

「こんにちは」

には遅過ぎる。

「夕飯をいただきにまいりました」

ではものもらいのようだし、

「頼もう」

では道場破りのようである。幸助が考え込んでいると、戸が開いて、なかから顔を出したのは家主のひとり娘のみつだった。今年十五歳になるはずだ。みつは顔を輝かせて、

「まあ、先生。ようお越し。今日、ご飯を炊き過ぎたんで呼びにいこ、思てたとこだす。さあさあ、入っとくなはれ」

「あ、ああ……毎度毎度悪いな」

「いつものことだすやん。遠慮せんとどうぞ」

たしかに、飯を食うために自分から足を運んでいるのだから、ここで遠慮してもしかたがないが、どうも気後れする。

「すまんな」

「いいえー。――お父ちゃん、先生来はったえ」

「おお、先生。まあまあ、座っとくなはれ。また、みつが飯を炊き過ぎましてな……」

言われるがまま、幸助は膳のまえにあぐらをかいた。どうも落ち着かない。

「あの……お内儀は」

「えーと、どこやったかいな。うちの婆《ばあ》さん、肝心のときにいつもふらっとおらんようになるから困る。おい、みつ、あいつどこ行った」

「お母ちゃん？　さあ……お風呂やないやろか」

藤兵衛の妻は、たいがい家にいない。幸助も顔を見た記憶がない。

「まあ、そんなことはどうでもよろし。——一杯いきまひょか」

「酒か？」

「あたりまえだすがな。一杯いきまひょか、言うて、水のわけおまへんやろ」

それはそうだ。

「飯をおごってもらって、このうえ散財かけるのは心苦しい」

「なにを言うとりますのや。先生とわしの仲やおまへんか。これはわしが好きでやっとることだす。それに、酒というのはひとりで飲んでてもおもろない。だれか相手が欲しいもんだす」

藤兵衛の理屈によると、金の入った店子《たなこ》から溜まった家賃を取り立てるのは家主として当然の務めだが、金のない住人の腹を満たすのもまた家主の務め……ということらしい。家主といえば親も同然、店子といえば子も同然、というわけだ。しかし、長屋のほかのものが飯を食わせてもらっているのを幸助は見たことがない。自分だけが贔屓《ひいき》されているように思わぬでもなかった。

「そうか……？　ならば、一献だけ」

「ははは。——みつ、なにをボーッとしとるんや。先生にお酌せんかい」

「お父ちゃん、うち、先生のためにおかずよそってますねん」

「はよせんかい。母親に似てのろまなやっちゃで」

みつは藤兵衛に向かってあかんべえをすると、湯気の立つ椀をふたりのまえに置いた。

「イワシの炊いたんに、おからをまぶしたもんだす」

「ほう……」

頭を取ったイワシを柔らかくなるまで醤油《しょうゆ》と酒で煮付け、そこに炒めたおからを放り込む。イワシは骨まで食べられるし、その旨みを吸ったおからも美味《うま》くなるのだ。いわゆる「からまぶし」は、サバやイワシ、アジ、サワラなどを酢で締めたきずしにおからをまぶすものを言うが、これはそういう凝った料理ではなく、安い材料の掛け合わせで作れる。

「これは美味い」

幸助は思わず声を上げた。まあ、四日ぶりの食事なので、なにを食べても美味いに決まっているが、それにしても美味かった。イワシは口のなかでほどけ、甘みと旨みと少しばかりの苦みが舌に広がっていく。すかさず飯を食い、熱い味噌汁《みそしる》を口に含む。飲み下す。

「これはいくらでも食えるな」

幸助が喜ぶと、みつと藤兵衛の顔もほころぶ。

「さあ、たんと食べとくれやっしゃ。ご飯はなんぼでもおますのや。なんせ、みつが炊きすぎましたよって……」

そればっかりである。

「やはり、おみつ坊は料理の名人だな」

「嫌やわ、先生。おみつ坊やなんて。うち、もうこどもとちがいまっせ」

「そうか、すまんすまん」

幸助がこの長屋に来たとき、まだみつは十一歳ぐらいだったから、ついそのときの感覚で呼んでしまうのだ。

「では、おみつ殿、にしておこうか」

「うわあ、殿だすか。それもなんや、こそばいわあ」

藤兵衛が、

「坊から殿へ、えらい出世やないか、みつ」

「お父ちゃんもからかわんとって。——先生、殿も困ります。おみつ、て呼び捨てにしとくなはれ」

「うーむ……それは俺が困る。呼び捨てなど、まるで女房ではないか」

「あはははは、女房やなんて、先生、あはははは」

みつは赤面しながら大声で笑うと、幸助の肩を思い切り叩いた。

まったくもってみつは料理が上手《うま》い。それも高級な材料をふんだんに使って、包丁の技を見せる……というのではなく、安い、普通ならば捨ててしまうような材料を使って、飛び切りの一品にしたてるのだ。こんな長屋に暮らしていると、いくら板場並みの腕があってもそのふるいようがない。いちばん求められ、ありがたがられるのは、みつのような才能なのである。

「じゃあ、おみつさんにしよう。それで勘弁してくれ」

幸助は、叩かれた肩をさすりながら言った。かなり痛い。

「先生、みつの料理、わしの目から見ても、なかなかのもんやと思いますのや。このイワシのやつも、なんでもないようやけど、ほかのもんには真似できん。おからにイワシの生臭さが移らんようにするのがコツらしいですわ」

「なるほど。俺には料理のことは皆目わからんが、たしかにおからはただ美味《うま》いだけで、生臭さは微塵《みじん》もないな」

「だっしゃろ？　わしは、みつをどこぞの料理屋の板場にしたいと思とりますのやが、なかなかむずかしいですわ」

「そうだろうな」

大坂広しといえど、女の板場はほとんどいない。理由はとくになく、

「昔からそういうもの」なのだ。女の大工、女の左官、女の駕籠屋……などがいないのと同様である。

「つてをたどって、あちこちの料理屋に口をきいてもらいましたのやが、どこもみつの腕を見るまでもなく、女やというだけで断られてしまう。困ったもんですわ」

藤兵衛は愚痴ったが、幸助にはどうしようもない。

「まあ、焦るな。これだけのものをこしらえていれば、いずれわかるひとにはわかるときが来る」

みつは、

「よろしいねん。うちは、先生のためだけにこさえたいと思てますさかい」

イワシの料理のほかは、ひと押しした大根の即席漬けと豆腐の味噌汁だけだが、幸助には、いや、この長屋の住人にとってはたいへんなごちそうである。飯は炊きたてだし、酒もある。幸助は食い、かつ、飲んだ。今後三、四日の食い溜めのつもりでもある。

「炊きすぎた飯、余っても困りますさかい、助けると思て食うとくなはれ」

まだ言うか。すすめられるままにお代わりを繰り返し、もう食べられない、となっても、まだ食べた。我ながら意地汚いと思ったが、つぎにいつ食事にありつけるかわからないので、詰め込めるだけ詰め込むのだ。そんな幸助の様子を見ながら盃を口に運んでいた藤兵衛が笑い出した。

「どうかしたか」

「ガリガリに痩せた先生のおなかだけがぽっこり膨《ふく》らんで、まるで餓鬼みたいだすなあ」

「なんだと？」

　幸助は突出したおのれの腹を見下ろして、そこを撫でた。なるほど、絵で見た餓鬼とそっくりである。頭を掻きながら藤兵衛の家を出た。外はまだ明るく、夕陽の強い日差しが幸助の正面から照りつけてくる。藤兵衛は飲み残しの酒を三合ばかり徳利に入れて持たせてくれた。

「かんざ（燗冷《かんざ》まし）は年寄りには毒や、ていうさかい、先生、持って帰って飲んどくなはれ」

　と半ばむりやり押し付けられたのだが、なあに、飯も幸助のためにわざと炊き過ぎたことも承知している。世間のありがたみが身に染む幸助だった。

## 2

満腹のうえにほろ酔いなので、家に入るなりごろりと横になった。その途端、

「痛っ！」

見ると、肘にネズミのような小動物が噛み付いている。幸助は顔をしかめると、

「なにをする。俺は今から寝るんだ。邪魔をするな」

そう言うと大欠伸をした。小動物は小さな老人の姿になると妙な笑い方をした。

「ふひはひはひは……おのしは寝過ぎぞよ。ちぃとは働け。絵の稽古をせぬか」

「世の中に寝るほど楽はなきものを知らぬうつけが起きて働く、と言うてな、寝るのが極楽だ」

「ふん！　タダ飯にタダ酒を食らい、あとは寝るだけか。世のためひとのためになることをせい」

「おいおい、厄病神の口から世のためひとのためという台詞が出るとは思わなかったぞ」

「それくらいおのしは怠惰だというのだ。そもそもおのしはのう……」

言いながらも徳利の蓋《ふた》を開けて、キチボウシは酒を飲もうとしている。

「おい、それは俺のかんざだ」

「我輩へのみやげであろう。おのしはもう、せんど飲んできたのだから飲むことはない。疾《と》く寝ろ、疾く寝ろ」

噛み付いたり、寝ろと言ったり、うるさいやつだな」

「これでスルメがあれば言うことはないがのう……」

「贅沢《ぜいたく》を言うな」

幸助はもう一度、腕枕をして横になり、キチボウシがうれしそうに酒を飲むのを目を細めて見つめた。

とろとろっ……と眠気の波に巻き込まれかけたとき、

「えらいこっちゃ！　かっこん先生、えらいこっちゃでえ！」

大声とともにだれかが転がり込んできた。見ると、右隣に住むとらという糊屋の老婆であった。

「なんだ、とら婆さんか。騒々しいな」

髪の毛を振り乱したとらは蒼白な顔で、

「かっこん先生、それどころやないで。今しがた、どえらいことを見聞きしたのや」

せっかくの酔いが覚めてしまった幸助は、

「俺は寝るところだ。明日にしてくれ」

「そんなこと言わんと、わての話を聞いとくれ」

断ろうとした幸助だが、よく見ると、とらの着物は泥だらけである。しかも、あちこちに擦り傷があり、血が滲《にじ》んでいる。幸助は困惑顔で、

「なにがあったんだ」

「ううう……水を一杯おくれんか」

老婆はぶるぶる震えながら幸助の渡した湯呑みの水をすするように飲み、やっと人心地がついたのか、その場にへたり込むと、

「ああ……びっくりした。息がとまるかと思た。——悪いけど、もう一杯」

「水はあとでいくらでも飲むがいい。早く話せ」

急《せ》かされた老婆は大きく深呼吸したあと、ぽつりぽつりと話し始めた。

「さいぜんな、糊を売った帰りしなに青土稲荷に入ったのや。信心やないで。お賽銭《さいせん》もったいない。あそこの境内を横切ると近道やさかいや」

青土稲荷はこの長屋からもさほど離れていない。たいそう古い神社で、社殿は小さく、老朽化しているが、敷地は広い。今ごろの時期は紅葉した葉が地面を覆っている

はずだ。

「社《やしろ》の裏手に大きな森があるやろ」

「ああ、鎮守の森だな。昼でも薄暗くて、女こどもは近寄らぬ気味の悪いところだ」

「あそこの横合いを通りかかったときにな、話し声が森のなかから聞こえてきたんや。やぶ蚊も多いし、こんなところでだれがしゃべっとるのや、とは思たけど、そのまま通り過ぎようとしたら、『それにしても、狐どん、あんなところでおまえに会うとはなあ……』ていう声が聞こえたのや」

生来《せいらい》、好奇心が強く、なんでも知りたがる性質《たち》のとらは立ち止まった。森のなかに狐が棲むのは不思議ではないが、稲荷神社で「狐どん」とはできすぎている。人間が狐に向かって話しかけているのだろうか……。とらは森に近づき、聞き耳を立てた。暗くてよく見えなかったが、ふたりの男が話し合っているようだった。

(狐やなかったんか。いや、狐が化けとるのかもしれんな……)

とらがそんなことを思ったとき、もうひとつの声が答えた。

「えらいところを見られてしもたわい」

「ははは……わしもびっくりしたわ。狐どんが、狸《たぬき》のむじなになっとるとはなあ……」

とらは首をかしげた。「狐が、狸のむじな」とはどういうことだろう。

「あそこがわしの隠れ家というわけや」

「うまいこと考えたもんや。あれは、だれも気づかんわ。わしかて、はじめは目を疑《うたご》うたさかいな」

ふたりは、話しながら森の奥へと歩いていくようで、とらの場所からは姿はもう見えない。とらは耳に手を当ててなんとか会話を聞き取ろうとした。

「水呑み百姓が二本差して、武士でございとまかり通っとる世の中や。わしが狸になってもおかしいことはないやろ」

「化けるのが得意やと、こういうときに役立つな」

「そういうこっちゃ」

「こないだのなにわがたもおまはんやろ」

「――まあな」

「やり口見たらわかるわ。つぎの腹鼓はなんや」

「それは言えんわ」

「わしが推量したろか。――みかんか狸やろ」

「ほう……ようわかったな」

「蛇《じゃ》の道はへび、いうやつや。どっちゃねん、みかんか狸か」

「言えんと言うとるやろ」

「つれないなあ。わしとおまはんの仲やないか。教えてくれてもええやろ」

「おまえと、そないに仲良うしてた覚えはないで」

「まあ、ええがな。昔なじみというのは大事にせなあかんで。なあ……言うてくれ」

「みかんや」

「やっぱりそうか。わしもそうやないかと思とったんや。――どうやって入り込むのや」

「それは……もう道はつけてある」

「さすがやな。化けたか」

「ああ……」

「狐どんのいつもの手やな。たいしたもんや。狸のほうもだんどりはできてあるのやろ」

「そっちは今、ちょうどかかってるとこや」

「えらい急いどるなあ。急いてはことを仕損じるで。なんぞあるんか」

「郷里《くに》に、別れた嫁はんとのあいだにできた子がおるのやが、えらい病気らしゅうてな、薬代がよほどかかるらしい。――親らしいことなにひとつでけんかったわしやが、せめてもの罪滅ぼしにと思うて。――おい……おまえなんぞと会《お》うてるとこだれかに見られたら、なにもかもわやになる。早うどこぞに去《い》ね」

「へへへ……そうはいかん。狸が狐で、腹鼓が狸やと知ってるのはわしだけや。ええ金づるができた、と思てな。なんぼか出してもらおか」

「おのれ……わしをゆする気か」

「はなからそのつもりや。こんなありがたい話はないで。近頃、丁と張れば半と出る、半と張れば丁と出る……でカラッけつやねん。おまはん、ふところは温かいのやろ。昔なじみに小遣いくれてもバチは当たらんと思うで」

「このガキ……相手を間違えとるんとちがうか」

「それぐらい銭に困ってる、ゆうことや。もしもわしがお畏《おそ》れながらとお上《かみ》に訴え出たらおまはんは三尺高い……お、おい、なにすんねん。おまはんがそういうつもりやったらわしも……ちょ、ちょっとやめえな。嘘や嘘や、だれが昔なじみのおまはんをお上に売ったり……やめろ、やめんかい。お、おのれ、本気やな！」

直後、灌木《かんぼく》の擦れ合うがさがさという音や、男ふたりの荒い息遣い、小枝の折れる音などが聞こえ、しまいには、

「うがあっ……！」

という低い叫び声と、枯葉のうえになにかが倒れるような音がした。とらは恐怖のあまりその場に硬直した。まえに進むことも逃げ出すこともできない。声も出せない。しかも、森のなかから足音が、がさ、がさ、がさ……とこちらに近づいてくる。

（あ、あかん……狸か狐かむじなか知らんけど、化けものに食われてしまう！）

金縛りにあったように身動きできずにいたとらを救ったのは、一匹の赤犬だった。突然、野良とおぼしき大きな赤犬が、とらのすぐ脇をすり抜けるようにして森に飛び込んでいったのだ。途端、とらは呪縛が解けたように自由になった。続いて、激しく吠えたてる声と、

「なんじゃ、こいつ！」

という声が聞こえてきた。そして、しばらくすると森のなかは静けさを取り戻した。とらは、このまま逃げようかとも思ったが、好奇心が勝った。おそるおそる森に足を踏み入れる。さっきからしている妙な臭いが次第に濃くなっていく。踏みしめる落葉の音がやけに大きく聞こえる。

「うわあああっ……！」

話していたとらが急に大声を出したので、幸助は身体を反らし、

「おどかすな、婆さん。びっくりするじゃないか」

「わてのあのときの悲鳴はもっと大きかったと思うで」

「知るか、そんなこと」

とらによると、少し入ったあたりにある松の大木の後ろ側に、男がひとりうつぶせに倒れていたという。格子縞《こうしじま》の柄の着物に紺色の帯を締めている。その背中は血で染まっており、ぴくりとも動かぬ。赤や黄色の落ち葉が身体に乗っている。どうやら死んでいるようだ。足が震えてがくがくしたが、とらはその場にとどまった。

(もしかしたら、狐か狸か正体を現すかも……)

そう思ったとらは、しばらくその死体を見つめていたが、人間の姿のままだ。尻尾も生えていない。とらは思い切って近寄ってみた……。

「大胆なことをしたな、婆さん」

「ああ、夢中やったわ。今から考えたら恐ろしげなことをしてしもた」

そのとき、とらはあることに気づいた。男の着物のうえに、茶色い獣毛のようなものが散らばっているのだ。つまみ上げてみたがやはり獣の毛だった。狐のものか狸のものか犬のものかはわからない。

死体の首筋や二の腕には、いくつも噛《か》み痕らしきものがついていた。

（狐に食いつかれたのやろか……）

とらはぞっとした。

もうひとりの男の姿はない。とらの姿に気づいて、逃げてしまったのかもしれない。その男が下手人であることは疑いないのだ。今更ながらに恐怖を感じてきたとらは引き返すことにした。しかし、よほど気がうわずっていたらしく、自分がどの方角から来たのかわからなくなってしまった。

進めど進めど森から出られない。どうやら奥へ奥へと入り込んでいるようだ。とらは大声をあげて助けを求めようとしたが、あの男に聞かれてはまずい。その場に座り込んでしまったとらの目のまえの茂みが揺れた。あの男が戻ってきた……てっきりそう思ったとらが逃げようと身構えたとき、現れ出たのはさっきの赤犬だった。

（な、なんじゃい、犬かいな……）

胸を撫で下ろしたとらは、つぎの瞬間またしても悲鳴を上げた。犬がくわえていたのは一匹の狸の死骸だったのだ。

そこからの記憶はない。何度も転んだり、枝で顔や手を擦りむいたりしながら森のなかを走りに走り、気がついたらこの長屋に戻ってきていたのだ、という。

「ふーむ……」

幸助は腕組みをして唸った。

「な、えらいこっちゃろ」

「そうだな。まことのことだとすれば、だがな」

「なんやと？　わてが嘘ついとるちゅうんか。はばかりながら糊屋のとらは、嘘と正月の餅はついたことないのが自慢やで」

「そんなことが自慢になるか。まことだとすれば、ひと殺しがあったということだ。会所に届けたのか？」

とらはかぶりを振った。

「そんなおっとろしいことするかいな。なんでこっちからお上に近づかなあかんのや」

「だろうな」

この長屋のものにかぎらず、大坂の貧乏人たちはこぞって「お上」が大嫌いである。町奉行所の与力、同心、手下《てか》などを見かけると反射的にそっぽを向き、舌打ちをし、ひそかに唾《つば》を吐く。権力に対する深い不信感と嫌悪が染みついているのだ。それは、日頃、よほどひどい目にあっているということでもある。「お上」に助けてもらったことなど一度もない。貧乏人だけでなく、気概のある大坂の商人たちはそう豪語すること。

彼らの「お上」嫌いは何代にもわたって蓄積された習慣のようなものだから、会所（江戸でいう自身番。日夜、町奉行所から派遣された番人が詰めていて、定町廻り同心の立ち寄り場所となっていた）にわざわざ自分から赴くなど考えられないことなのだ。

（久しぶりにでかい「厄介ごと」が舞い込んできたようだな……）

幸助は壁にかかった絵を見ると、厄病神がかすかににやりと笑ったように思えた。

幸助はため息をついてとらに向き直り、

「しかし、ひと殺しがあったとなれば捨ててもおけぬ。どれ、俺が見てきてやろう。婆さん、案内してくれ」

「あ、あほなこと……。あんな怖いところ、二度とごめんや。悪いけど、行くんやったら、かっこん先生、あんたひとりで行ってんか」

「しかたないな。では、俺ひとりで行くか」

「あんたも物好きやな。狐か狸に嚙み殺されても知らんでえ」

「狸はすでに死んでいるのだろう。そして、男もひとり死んでいた。それなら、心配はいるまい」

「理屈ではそういうことか。けど、なんやな、先生、この一件は狐と狸の仲間割れやろか」

「かもしれんな」

「狸が狐をゆすって、それで殺されたんやろか」

「はははは……狸や狐の使う銭はどうせ木の葉だろう」

「それもそやな。それやったら、あの森のなかにはぎょうさん紅葉が落ちてたさかい、揉めることないはずやのにな」

幸助は笑って立ち上がった。

「かっこん先生、気ぃつけや！　首かじられなや！」

との声を背中に、幸助は長屋をあとにした。

◇

青土稲荷に入り、社殿をぐるりと回ると鎮守の森がある。鬱蒼《うっそう》として深く、木の枝は伸び放題に伸びて重なり合い、手入れをされている様子はない。これなら狸や狐はおろか、天狗や物《もの》の怪《け》も棲んでいそうである。周囲にだれもいないのを確かめた幸助は、そろり、と森に入った。足の下で病葉《わくらば》が鳴る。まったく足音を立てずに歩くことは無理のようだ。ならばいっそ、と幸助は大股で奥へと進んだ。

昼だというのに日の光は届かず、目を凝らさないと向こう先がわからない。でたらめにしばらく歩いてみたが、なにも見つからない。

（婆さんは妙な臭いがした、と言っていたが……）

鼻を突き出して臭いを嗅いでみたが、猛烈な草いきれや腐った葉の臭いに邪魔されて、なにもわからない。首筋や足にたかるやぶ蚊を追い払いながら少しずつ前進していくと、なにかにつまずいた。見ると、そこにあったのは狸の死骸だった。つまみ上げてじっくり調べると、肉が嚙みちぎられたような箇所もいくつかあった。

狸を打ち捨てた幸助がまた歩を進めると、少し開けた場所に出た。

「おお……あれだな」

散り敷かれた紅葉のうえに男がうつぶせに倒れており、その着物の柄は格子縞だった。とらの言ったことは本当だったのだ。背中に血が滲《にじ》んでおり、匕首《あいくち》かなにかで刺したあと、すぐに引き抜いたものと思われた。

幸助は死骸をひっくり返してみた。苦悶《くもん》に歪《ゆが》む顔は、四十代ぐらいに見えた。ゲジゲジ眉毛で、鼻が大きい、というほかに特徴はない。ふところを探ってみたが、なにも持っていなかった。幸助は、男の顎《あご》から首筋、胸にかけて子細に検分した。

死骸の首筋や手首、腕、すねなどには嚙み痕がついており、そこから血が流れていた。幸助は顔をしかめ、死骸に向かって念仏を唱えた。

とらの言ったとおり、着物のあちこちに茶色の毛がくっついている。周囲の地面にもそれはばらまかれていた。幸助はその毛を指先でつまみ上げ、じっと見つめた。

(なるほど、獣の毛だな。しかも、これは……)

幸助がそう思ったとき、

「おい、おまえ……ここでなにをしている」

後ろから声がした。振り向くと、着流しに黒い羽織の武士が立っていた。帯には十手《じって》をたばさんでいる。明らかに町奉行所の同心だ。年はまだ二十代半ばだろう。瓜《うり》ざね顔で顎が長く、ひげ剃りあとが青々としている。

(まずいときにまずいやつに見つかったな……)

幸助はそう思ったが、もはやいかんともしがたい。

「なにって……そこに死人が転がっているだろう」

「な、なんだと?」

同心は進み出て、死体を見つけた。

「貴様がやったのか」

「馬鹿を言え。俺はたまたまここに来てこいつを見つけただけだ。今から禰宜《ねぎ》にでも知らせようと思っていたところだ」

「怪しいな。会所に来い。申し開きはそこで聞こう」

「御免こうむる。あんたも忙しかろう。かく言う俺も忙しい身でな。たがいに暇を惜しむもの同士、それぞれの務めに戻ろうではないか。では、さようなら」

「そうはいかぬぞ。やはり貴様の仕業だな。おとなしく同道せよ。さもなくば召し捕るぞ」

同心は気色《けしき》ばんで十手を引き抜いた。

「まあ、待て。俺が下手人でない証拠を示そう。まず、この男は背中から匕首のようなものでひと突きされているが、俺は刃物をなにも持っていない。丸腰だ。刀はおろか、脇差しもない。どうやってこいつを殺すのだ」

「ふむ……」

同心は幸助の身体を探り、寸鉄も帯びていないことを確認した。

「たしかに刃物は持っておらぬようだが、どこかに捨てたのかもしれん」

「捨てにいったあと、わざわざ戻ってきて死体を眺めていたというのか。おかしいだろう」

「…………」

「それに、死体の顎をみろ。死斑が浮いてきている。殺されてから一刻は経ぬとこうはならぬ」

「そのとおりだが、貴様、なぜそんなことを知っている」

「昔、剣術の師に、刀を持つものの心得として習《なろ》うたのだ。ひとは死ぬと、まず、顎や身体の下に死斑が出る。また、こわばりも顎から全身に広がっていく。俺が下手人なら、殺してから一刻もここにとどまっているはずはなかろう」

同心はまだいぶかしそうに、

「では、まことに死骸を見つけただけだと言うのか」

「そういうことさ。ようやく信じてくれたか」

「いや……まだだ」

「しつこいな」

「これが私の性質《たち》だ。――貴様、たまたまここに来て死体を見つけた、と言っていたな」

「ああ、言った」

「なんのためにこんな森の奥にひとりでいたのだ」

「――え？」

幸助は、言葉に詰まった。

「そ、それはだな……どうでもよかろう。来たかったから来ただけだ」

「それでは言い訳にならぬ。まともなものはかかるところに用はないはず。語るに落ちたな。会所に来い」

「い、いや、待て。――ならばきくが、あんたはどうしてここに来たのだ」

「なんだと？」

「俺に、なぜここに来たのかと問うのなら、そのまえにあんたが来たわけを言え」

「そ、それは……」

同心はなにかを思い出したようだった。

「当ててやろうか。――小便だろう」

図星だったようだ。同心は顔をひきつらせて股間を押さえた。

「俺もそうだ。まさか神聖な神社の境内で立ち小便というわけにもいくまい。森のなかならだれにも見られず心おきなく用が足せるというものだ」

「む……」

「町奉行所の同心殿と並んで連れしょんというのも異なものだ。俺は向こうでするから、あんたはここでしろ」

そう言うと、幸助はその場から離れようとした。

「待たぬか！　貴様の疑いは晴れておらぬぞ」

「では、俺を吟味しながら小便をもらすか。身のあかしは立てたはずだが？」

「住まいと姓名を言え。偽名を申してもすぐに露見するぞ」

「偽るつもりはない。福島羅漢まえ、日暮らし長屋に住まう葛幸助という絵師だ」

同心は馬鹿にしたような表情になり、幸助の風体に不躾《ぶしつけ》な視線を送ると、

「ふふん……日暮らし長屋か。貧乏人の巣窟だな」

「笑ったな」

「笑ったがどうした。だいたい絵師などというものはなんの役にも立たぬ、なくてもよい仕事だ。貧乏長屋で肩身狭く生きておるのが似合いだと思うてな」

「そうか」

幸助は怒りもせずに受け流すと、

「では、あんたの名前を聞いておこうかな。住まいはいいぞ。同心町の拝領屋敷に住んでいるのはわかっているのだから」

大坂町奉行所に勤める侍は、与力は天満の与力町、同心は同心町にお上から屋敷を

与えられている。

「なにゆえ私が貴様ごとき痩せ浪人に姓名を名乗らねばならんのだ」

「それが礼儀だからだ」

「くだらぬ。私は行くぞ」

きびすを返して立ち去ろうとした同心の着物のすそを幸助は掴んだ。ちょっとした悪戯《いたずら》心が起きたのだ。

「なにをする」

「名を名乗らぬうちは行かせぬ」

「世迷《よま》い言《ごと》はよせ」

同心は幸助の手を振り払おうとした。しかし、軽くつまんでいるように見えてその手は容易に離れなかった。幸助に武芸の心得があると覚《さと》った同心は顔色を変えた。

「貴様……やめるなら今のうちだ。斬られたいのか」

「斬れるなら斬ってもいいぞ」

「うぬ……」

同心は刀の柄《つか》に手をかけたが、幸助の手が邪魔で刀は抜けない。苛立《いらだ》った同心は二、三度着物を振ったが、無駄だとわかったようで、

「わ、わかった。名乗るから手を放せ」

「放してください」

「え？」

「ひとに頼みごとをするのだ。放せ、はないだろう」

同心は一瞬、鬼のような形相になったが、すぐに情けなさそうな顔になり、

「西町奉行所定町廻り同心、古畑良次郎《ふるはたりょうじろう》だ。これでいいだろう。手を放……してください」

「頼まれてはしかたがない」

幸助が着物の裾を放すと、古畑は身をひるがえして藪《やぶ》のなかに入っていった。幸助は藪に向かって、

「この死体のことでなにかわかったら、日暮らし長屋まで知らせにきてくれぬか」

そう呼びかけたが、もちろん返事はなかった。幸助も、同心がわざわざなにかを知らせにきてくれるとは思っていない。一応、言ってみただけだ。幸助は首筋をぱりぱり掻きながら森を出た。

（ちょっとやりすぎたか……。まあ、よかろう）

町奉行所の役人たちは、日暮らし長屋のような場所を目の仇《かたき》にしている。犯罪の温

床になっている、というのだ。たしかに博打打ちや窩主買い《けいずか》（故買屋）、いんちき祈禱師《きとうし》といった犯罪者すれすれの連中から、チボ（掏摸《すり》）、かっぱらい、ぼったくり駕籠屋などの軽犯罪者も住んでいるし、なにをやっているのかわからないものも多い。

「あんな長屋は火事で丸焼けになってしまえばいい」

そう公言する役人もいる。しかも、天領である大坂では「浪人であること」自体が取り締まりの対象であった。仕官をしていない武士はそれだけでお上から目をつけられる。さっきの町方役人に対する幸助の行動は、日頃のそういった扱いへのちょっとした仕返しであった。しかし、悪戯とはいえ、やりすぎると難癖をつけられて召し捕られ、遠島などに処せられることもありうるのだ。

（ま、いいか……）

小便を終えた同心が追いかけてこぬよう、幸助は急いで長屋へと戻った。あたりは暗くなっていた。家に入り、油がもったいないので明かりもつけずに座っていると、キチボウシが老人の格好で寄ってきた。

「なにかわかったかのう」

「糊屋の婆さんは嘘をついていなかったことがわかったさ」

「ほう……」

幸助は、鎮守の森で見聞きしたことをキチボウシに話した。

「狸に狐にむじなか。ほっほほ……面白いぞよ。おのしはどう思う」

「まだ、なにもわからん。まさか狐狸妖怪の化かし合いでもあるまい。なにか理屈があるはずだ。たとえば狸というのは……」

幸助がある思いつきを口にすると、キチボウシはハヒハヒ……と笑い、

「なるほど。そっちの狸か。ありうるかもしれんぞよ」

「だろ?」

幸助はそう言って徳利を持ち上げた途端、目を剝《む》いて、

「お、おまえ、全部飲んでしまったのか」

「いかぬか」

「俺がもらってきた酒だ。少しは残しておけ。だいたいそんな小さい身体のどこにこれだけの酒が入るんだ」

「我輩は底なしぞよ」

幸助は厄病神の頭をどついた。厄病神は「むぎゅ」と言ってつぶれた。

「神に向かってなにをするか！　罰当たりめが」

「神？　おまえなどせいぜい便所紙がいいところだ」

キチボウシは憤然として絵のなかに戻った。幸助は空《から》の徳利を放り出すと横になった。暗くなったら寝るに限るのである。

◇

翌早朝である。どぶ板を踏み抜きそうな勢いでだれかが走ってくる足音を、幸助はうつらうつらしながら聞くともなしに聞いていた。長屋の朝は早い。商売人や職人は、暗いうちから起き出して、夜が明けるとすぐに飯をかき込み、あたふたと出て行ってしまう。「朝商い」をするものにとって朝のひとときが勝負なのである。しかし、幸助はそんな忙しさとは無縁だ。仕事がなければ昼までも、いや、夕方まで寝ていることもある。

(金がないのだから、せめて好きなだけ寝させてくれ)

というのが幸助の考えであった。

足音は次第に近づいてくる。

(亀吉ではないな。鶴吉でもない。糊屋の婆さんでもない。となると……生五郎《なまごろう》か)

当たりだった。駆け込んできたのは、瓦版屋の生五郎だった。三十過ぎの小柄な男

で、口がやたら大きい。拳骨がふたつ入る、というのが自慢である。生五郎とは妙な名前だが、もともと政五郎だったのを、

「瓦版は、生々しいネタが身上や」

という考えから「政」を「生」に改め、「なまごろう」と名乗るようになったらしい。もっとも、「なまごろし」に間違えられることも多い。

「先生、起きとくなはれ。寝てる場合やおまへんで」

「騒々しいな。なんだ」

幸助は寝たまま応えた。

「絵に決まってまんがな。描いてもらえまっか、早幕（大急ぎ）で」

「事件か」

「知りまへんのか。界隈大騒ぎだっせ。紀州屋《きしゅう》に賊が入った、て」

「紀州屋だと？」

幸助はようやく半身を起こした。

「瀬戸物屋の紀州屋か」

「へえ。一家皆殺しやそうだす」

紀州屋なら幸助も知っている。阿弥陀《あみだ》池筋にある瀬戸物問屋である。何度となくま

えを通ったことがあり、店構えも頭に入っていた。幸助はさっそく紙を取り出し、筆を走らせはじめた。

「賊は何人だ」

「ひとりやそうで」

「ひとり？　たったひとりか」

「雪隠《せんち》に隠れてた女中がそない言うとるそうでおます。丑三《うしみ》つのころにせんちに起きたとき、主《あるじ》の悲鳴が聞こえたんで見にいったら、頬かむりをした盗人が主夫婦に長いもんを突きつけとったそうで、そのまま雪隠に戻ってじっとしてたらしい」

「ひとりで一家皆殺しとは、ちと無理ではないかな」

幸助は絵を描きながら言った。茶碗をかたどった大きな看板、店先に並べられた皿、小鉢、土瓶などがみるみる仕上がっていく。

「それが、今日から座間神社で瀬戸物市がおまして、今年は紀州屋が肝煎《きもい》りに当たったもんで、夕《ゆん》べは丁稚から手代、番頭に至るまで神社に泊まり込んで、徹夜で仕込みをしとったらしい。せやさかい、店には主夫婦と女中がふたりしかおらなんだそうだす」

幸助は、雪隠にしゃがみこんで震えている女中の絵を描いた。ちょいと別嬪《べっぴん》にしておく。

「皆が留守だとわかって押し入った……となると、出入りのものが怪しいな」

「だっしゃろなあ。けど、あれだけの大店になると手伝《てった》いの数だけでもかなりいてまっしゃろ。出入りしてる得意先もぎょうさんおまっせ。関わり合いのあるもんを絞り込むだけでもたいへんや。――すんまへん、そこに、刀突きつけられてる紀州屋夫婦を描いといてもらえまっか」

「俺は、紀州屋の顔は知らんぞ」

「ええ加減でかましまへん。そうそう……そんな風で……おっ、でけましたか。さすが先生。仕事が早いわ。おおきに、ほないただいてまいります。お代は、今ちょっと手もと不如意だすさかい、この瓦版の売り上げでお支払いということで……」

絵をもらおうと手を伸ばした生五郎に幸助は言った。

「代はあとでよいが、ひとつききたいことがある」

「なんだっしゃろ。わて、急いでまんのや」

瓦版は早さが勝負だ。事件が起きた。だれもが中身を知りたがっている。そんなときに、調べは行き届いていなくても、真っ先に発行されたものに皆が飛びつくのだ。二番手、三番手は、いくらしっかりした内容であっても、売れ行きは減る。いかに同業者よりも早く出すかが命なのである。

「それはわかってる。──生五郎、おまえ、西町の古畑という同心を知っているか」

「へえへえ、瓢簞《ひょうたん》みたいな顔の若いやつだすな。知っとりま、知っとりま。嫌なやつだっせえ。わてが瓦版のネタ取りに話しかけても、洟《はな》も引っかけてくれまへんわ。それどころかまるで盗人扱いや。さんざん嫌みを言われたあげく、おまえらに教えるネタはない。帰れ。帰らぬと天満の牢屋にぶち込むぞ。こんな具合ですわ。瓦版屋なんぞひとと思うてないんだすやろな。そのくせ賄賂《わいろ》はなんぼでも取るという評判だっせ」

「昨日、青土稲荷の鎮守の森でひと死にがあった」

「ああ、聞いてますわ。けど、どう考えても紀州屋一件のほうが派手で目を引きますさかい、そっちは捨てました。殺されてたのがごろつき風やったので、無茶もん同士の喧嘩の果てやないか、て言うとるものもおりましたけどな」

「あの死体を見つけたのは俺だ」

「えっ？　先生が……？」

「というか、隣の糊屋の婆さんが教えてくれたので、まことかどうかたしかめに行った。そこで、古畑と出くわしたのだ。──生五郎、その死体の素性やなにやら、わかったことがあれば俺に知らせてくれぬか」

「なんぞ臭いますのか」

「ちっとな。俺の考えが正しければ、紀州屋の押し込みとも関わりがあるのだ」

「ええっ？　それはほっとけん。わかりました。この瓦版刷り終えたら、そっちにかかりまっさ。けど……相手があの同心いうのが困りもんやなあ。なにをきいてもまともに返答してくれるようなやつやおまへんで」

「そこをなんとかしてくれ。頼む」

「へえ……ほかならぬ先生の頼みやさかいなんとかしたいし、それが紀州屋の押し込みともつながってるとしたらうちの商いにも関わることだす。よろしゅおま。生五郎の命にかえてもそのネタ取ってきます」

「おいおい、たいそうに言うな。命にかえるようなことではないぞ」

　幸助は釘を刺したが、やる気に火がついた生五郎は肩を怒《いか》らせて帰っていった。幸助が、もうひと眠りしようと腕枕で横になったとき、

「びんぼ神のおっさーん！」

　入れ替わるように入ってきたのは弘法堂の亀吉だ。

「筆の材料持って参じました」

亀吉は風呂敷包みを幸助のまえに置いた。幸助が包みを解くと、なかには数十本の竹軸と筆先になる毛が入っていた。毛は、使えないものを取り除き、寸法を合わせた状態のものだ。これらをきちんと整え、竹軸と組み合わせるのが幸助の仕事である。

幸助がその毛をじっと見つめていることに気づいた亀吉が、

「びんぼ神のおっさん、毛がどないかしましたんか？」

「いや……この毛は、どういう獣のものかと思うてな」

「先生に筆の毛のことを講釈するやなんて、釈迦《しゃか》に説法だすがな」

「いいから教えてくれ」

「へえ。うちは、馬、狸、狐、猪《いのしし》、鹿、イタチ……なんでも使いますけど、それぞれ用途が違います。今日持ってきたのは狸のもんだす」

「そうだな。たしかに狸の毛だ。こういう毛はどこから仕入れるのだ」

亀吉は、どうして幸助がそんなことを言い出したのかわからぬ様子だったが、知っていることをしゃべるのは楽しいようで、

「毛皮の問屋から仕入れるのがほとんどだす。本職の猟師が捕った獣を毛皮問屋が買い上げて、それをうちが買いますのや。けど、たまには素人が捕まえたやつを持ち込んでくることもおます。ものが良うて値が安かったら、それも扱います。狸の毛がど

ないぞしましたんか？」

「いや、なんでもない。——では、五日後には仕上げておくゆえ、また取りにきてくれ」

「へーい」

亀吉は腰を上げた。

「なんだ。今日はやけに急いでいるな。店に帰りたくないのではなかったのか」

「そうだすのやけどな、お使い遅かったら、番頭さんに三番蔵に放り込まれまんねん。それだけは嫌やさかい、仕方おまへんわ。ほな、また来まっさ」

「気をつけて帰れよ」

後ろ髪を引かれるような顔つきの亀吉が帰ったあと、幸助は大きな欠伸をして、亀吉が持ってきた材料を吟味しはじめた。揃《そろ》っていない毛があると、抜き取らねばならない。そこに糊を含ませて練り混ぜる。そのあと、小分けにして芯を作り、衣毛を巻き付け、麻糸で根もとを縛る。手間ひまのかかる仕事なのである。幸助は、眠い目をこすりながらしばし作業に没頭した。下準備が終わったのは夕刻だった。

（今日は朝っぱらから絵も描いたし、筆作りの仕事もした。働きすぎだ）

飯を食いたいが、家主のところへは昨日行ったところなので、さすがに顔を出せぬ。

ずうずうしく押しかければ、喜んで夕食ぐらいふるまってくれるとは思うが、それは心苦しいのである。

（今日も水を飲んで寝るか……）

惟然《いぜん》坊の「ひだるさに慣れて能《よ》く寝る霜夜かな」という発句を思い浮かべながら浮き出たあばら骨をぱりぱり掻いたとき、

「先生、いてはりまっか」

入ってきたのは瓦版屋の生五郎である。

「おかげさんで今日の早刷りはよう売れました。これ、お礼でおます。いつもよりなんぼか色つけてありまっせ」

「それはありがたい」

幸助は押しいただいてふところに入れた。

「ところで先生、今朝言うとりました青土稲荷の殺しの件でおますけどな……」

「おお、調べてくれたか」

「古畑いう同心の手下《てか》のひとりに小遣い渡してききだしましたのやが、殺されたのはゲジゲジのガン太ちゅう小悪党でおました」

生五郎の話によると、ガン太はかつて鬼瓦《おにがわら》の信右衛門《しんえもん》という盗人のもとにいたが、あまりにドジを踏むのでくびになり、それ以降は寸借詐欺や置き引き、カツ上げなどといったこまごました悪事を働いて暮らしていた。町奉行所の世話になることもたびたびだが、罪が軽いため、短期間の入牢や百叩きなどですぐに出てきては、またぞろ悪行を繰り返す。悪党のまわりにたかりそのおこぼれをちょうだいして生きているようなどうしようもないクズで、いつかはこういう死に方をするだろうと皆思っていたという。

「殺《や》ったやつの目星は？」

「今のところはまだ……。でも、どうせ小悪党同士のいざこざだろう、と町奉行所の方でも御用に腰が入ってない様子で……。正直、紀州屋の押し込み一件で手一杯のようだすな」

「だろうな」

「古畑いう同心の組も、紀州屋押し込みを扱うことになったそうだす」

町奉行所は与力ひとりと同心ひとりを核にして、いくつかの班に分かれている。その組ごとに事件を担当するのだ。盗人や殺しといった大きな案件の場合は、盗賊吟味役だけでなく、定町廻りなども協力して捜査に当たることがある。

「ほう……」

またなにかわかったら知らせにくる、と言い置いて、生五郎は帰っていった。幸助は今までにわかったことを整理しようとしたが、どうにもまとまらぬ。

（酒でも買ってくるか……）

生五郎にもらった金で酒を買いにいこうと家を出た。隣のとら婆さんに、

「出かけてくる」

と声をかけることを忘れない。なにしろ戸締まりしようにも戸がないのだから、住人はたがいに注意しあうほかない。盗《と》られるものなどないに等しいが、今は筆の材料を預かっているので一応は気をつけねばならぬ。やもめ暮らしはこれが面倒くさい。

「どこへ行きなさる」

「酒を買いにな」

「なんや、つまらん。遅うなってからのお出ましやさかい、新地にでも繰り込むのかと思た」

北新地は目と鼻の先である。

「馬鹿を言うな。そんな金がどこにある」

「あはは、冗談や。近頃はぶっそうやさかい気ぃつけや。紀州屋に賊が入ったらしいで」

長屋を出て一旦《いったん》は酒屋に向かいかけた幸助だったが、歩いているうちに考えが変わった。

（新地か……）

幸助の思いつきが正しければ、狸は新地か新町か……とにかく遊郭に潜んでいるはずである。金はないが、ひやかしならタダだ。幸助は足先を北新地に向けた。

大坂の色里には、日本三大遊郭のひとつである新町のほかに、曽根崎新地、高津新地、南新地（南地《なんち》）、堀江新地……などがある。なかでも北新地は、各大名家の蔵屋敷がある堂島に近いことから、米相場で財をなした豪商や蔵役人も訪れ、毎夜にぎわいをみせていた。福島からは蜆川《しじみがわ》沿いに行けば橋を渡ることもない。

岸辺に紅葉が打ち寄せられている。川風に吹かれながら幸助は、懐手をしてぶらぶらと歩いてみた。

「ちょっとそこのお兄さん、寄っていきなはれ。ええ子が揃うてまっせ」

「いやあ、好いたらしいひとやこと、どうぞ上がっとくなはれ」

「旦さん、旦さん、素通りはきつおまっせ。なんとかお遊び願えまへんやろか」

若いもんや遣《や》り手たちが口々に客を呼ぶなかを幸助は通り抜けていく。だれも幸助には声をかけぬ。

普段はなんの用もなく、訪れることのない土地である。といって、今夜はなにか用事があるのかと言われると、あるようなないような……としか答えられない。なにかを見つけたいのだが、それがなんであるかはまだわからないのだ。

「だれも呼ばぬな」

幸助はひとりごちた。

「まあ、この風体ではしかたあるまい」

ここは金を持っている人間しか相手にしない場所である。そこはじつになんというか「はっきり」しているのだ。だが、このままうろうろしていてもはじまらぬ。どうしたものか……と思ったとき、うわっという歓声が聞こえた。目のまえの茶屋の二階座敷からだった。窓が開け放してあるので、よく聞こえるのだ。

「若旦さん、太っ腹やわあ」

「ほんに、豪儀やな。あて、惚《ほ》れてしもたわ」

三味線と太鼓のやかましい囃子《はやし》に混じって、ちゃりん、ちゃりんという音が聞こえてくる。

「ちょっとあんた、これはあてのもんやで！」

「なに言うてんの。あてが先にひろたんや！」

「嘘言いな！　あんたが横から奪ったんやろが」

「やる気か。なんぼでもやったるで」

「やったろやないの。あんた、だいたい日頃から態度が気に食わんかったんや。――ちょ、ちょっと一二三《ひふみ》さん、なにしてるんや！」

「ひゃっひゃっひゃっ……この金はわてのもんや」

「返しなはれ」

「だれが返すかい」

「あーれー！」

なんだかわからぬが、二階の座敷でゲスい遊びが行われていることはまちがいなさそうだ。舌打ちして行き過ぎようとした幸助の目のまえで、なにかきらきら光るものが音を立てて跳ねた。拾ってみると、それは一両小判だった。上方で小判を使うものは珍しい。よほどの分限者《ぶげんしゃ》だろう。幸助はじっとその輝きを見つめていた。降ってわいたような僥倖《ぎょうこう》だ。おそらく幸助が二年や三年かかっても貯《た》めることはできぬ大金である。一瞬、心が動いたが、幸助はそれを懐にしまうことなく、その茶屋の入り口に向かって歩き出した。

「ちょっとちょっとあんた、なにしてまんねん」

一部始終を見ていたらしい男が幸助を呼び止めた。

「なに、と言われても、見てのとおり、小判の落としものを届けにいくのだ」

「アホやなあ。あんた、なにも知らんのかいな。あれは、この廓で名の高い若旦那や」

「どこの若旦那だ」

「それはわからへん。隠れ遊びや、いうて名乗りはらへんのやが、えげつない金の使い方しとるさかい、かなりの大店のぼんちやろな。一晩に千両使うたこともあったらしいで」

「ほう……それはすごいな」

十両盗めば首が飛ぶ、と言われている世に千両である。腕のいい職人でも、生涯かかっても手にすることはできない大金だ。

「あのお大尽が店に来たら、福の神のご入来や、福が舞い込んだ、ゆうてどこのお茶屋も大喜びや」

「福の神か。俺とは大違いだな」

男は大笑いして、

「あはははは……あんたなんかと比べもんになるかいな。向こうは座敷に芸子、舞妓、幇間《たいこもち》を集めて、餅撒《ま》きのかわりに小判撒きをしはるのや。日頃はつんとすましている連中が、朋輩を押しのけて必死で小判を奪い合うのを見るのがおもろい、ゆうてな」

　幸助は顔をしかめた。いくら金持ちであろうと、悪洒落がきつすぎる。金の使い道としては間違っている。そう思ったのだ。その小判一枚で、命が助かるものもいるのだ。

「小判を撒くときに窓を開け放ちはるさかい、店のまえに立ってたら、今みたいに小判が落ちてくることがあるのや。おこぼれちょうだい、ゆうことでな、もろてもかまへんねん。わても、それを狙うてさっきから小半刻じっと立ってたのやが、あんたに取られてしもた」

　情けない……と幸助は思った。座敷で小判を奪い合うのも情けないが、そのまたおこぼれを店の外で待っている、というのはもっと情けない。彼は、その若旦那とやらに怒りを覚えた。ひとの欲望をもてあそぶものではない。

「そやからな、向こうも承知のことやさかい、その小判、もろといてもかまわん、ゆうこっちゃ」

「いや……やはりこれは返す」

幸助は店の入り口に向かって歩き出した。

「えっ？　そ、そんなアホなことしたらあかん。もったいない。返すのやったらわてにくれ」

「どうしておまえにやらねばならんのだ」

「タダでとは言わん。その一両小判、十文で売ってくれ」

「たわけめ」

「ほな十五文、二十文……ええい、こうなったら一朱出そ。それで文句ないやろ」

幸助は無言でその場を離れ、茶屋の暖簾《のれん》をくぐった。若い衆がひとり応対に出た。

彼は、幸助の風体をじろじろ見たうえで、

「ようこそお越しあそばせ。じつは今日は福の神の若旦さんの貸し切りになっとりましてな、ほかのお客さんをお上げすることができまへんのや。すんまへんけど、よそを当たってもらえますやろか」

「その福の神とやらに用があるのだ。上がらせてもらうぞ」

「ま、ま、待っとくなはれ。そんなことしてもろたら困ります。どうぞお帰りを……」

「だから、用があると申しただろう。——わかった。おまえの店に迷惑をかけるつもりはないのだ。こういたそう。その福の神とやらにおまえが行って伝えてこい。店のまえを通りかかったら小判が落ちてきたゆえ、返しにきた、とな」

「ああ、それやったら拾うたもんがもらえることになっとりますのや。つまりはあんさんのもん、ということになりますわいな。どうぞお持ち帰りを……」

「もらういわれがない。こんなものは受け取れぬ。どうしても当人に返したいのだ」

「いやあ……あの御仁は腐るほどお金持ってはるさかい、一両や二両返されたかて、かえって迷惑なんとちがいますか」

「馬鹿もの！」

幸助が怒鳴ると、若い衆はびくりとした。

「たかが一両と言ったな。千両も万両も、一文、二文が寄り集まってそれだけの多寡になっているのだ。一文を軽んじるな」

「へ、へえ……それはそうでやすな」

店先で大声を出されても困ると思ったのか、若い衆は揉み手をして、

「ほな、こうしまひょ。今、宴たけなわだす。盛り上がってる最中に、落としもんを届けると座が白けますさかい、わてがその小判をお預かりして、折りを見て、お福旦那にお渡しするということに……」

どうやら福の神の若旦那を略して「お福旦那」と呼んでいるようだ。

「ならぬ。直《じか》に手渡したい。その福の神とやらにここまで降りてきてもらおう」

「あ、あんた……ゆすりたかりだすか？　お役人呼びまっせ」

「ゆすりたかりならば、拾うた一両をわざわざ持ってくるものか」

「そ、そらそうやな。けど……わてが今、座敷に入っていって、降りてくれ、てなことをお福旦那に言うたら、機嫌を損ねること間違いなしだす。もう二度とうちでは遊んでくれまへん。そうなったらわてもクビだす。それぱっかりはご勘弁を……」

若い衆は頭を床にこすりつけている。幸助はかわいそうになってきた。

「わかった、わかった。俺も意地になった。もういい……」

そう言おうとしたとき、

「おい、金八《きんぱち》。そこでなにを騒いどるのや」

階段のうえから声が降ってきた。見ると、身なりのいい小太りの若者が身体を乗り出している。柿色の紬《つむぎ》の着物に上等の黒羽織、紺の博多帯に鼈甲《べっこう》細工の印籠という、金のかかった服装である。顔にはおしろいを塗っているらしく、歌舞伎役者の下塗りのように真っ白である。手には、金箔《きんぱく》を張った扇を持っている。目は細く、耳たぶが長く垂れており、鼻の下に髭を生やしている。いかにも福々しい面相だ。

「うわっ、お福旦那、お耳に入りましたか。どうぞご勘弁を……」

「わたいのことを言うてるみたいやったけど、どないぞしたか？」

「なんでもおまへん。どうぞお座敷にお戻りあそばせ」

「のほほほほ……。小便がしとなったんで廊下を歩いてたら、福の神に降りてきてもらおう、てな言葉が聞こえたんでな。今、そこへ行くさかい待ってえよ」

「違いますねん。降りてきてもらわんでもよろ……ああ、降りてきてしもた。わては知らんでえ」

金八と呼ばれた若い衆は頭を抱《かか》えた。幸助が、

「あんたが福の神か？」

お福旦那はにこやかな顔で、

「のほほほ。そない呼んどるかたもおありやと聞いとります。たいがいは縮めてお福旦那とか福旦那、福旦とか言われてますわ。――で、わたいになんぞご用事だっしゃろか」

幸助は小判を差しだし、

「落としものを届けにきたのだ。あんたにとってははした金かもしれないが、天下通用のお宝だ。大事にしまっておくがいい」

「え？　これをわざわざお武家さんが持ってきてくれはりましたんか。声をかけてくれはったら、わたいのほうから店の外まで取りにいきましたのに……。おおきにおおきに。えらいお手数だし。頭にぶつかりまへんでしたか」

「それはなかったが、この若いものが俺をあんたに会わそうとしないので困っていたところだ」

お福旦那は、きっとした顔つきで金八を見ると、

「あかんやないか。わたいを訪ねてくるもんがあったら、どんなときでもすぐに取り次ぐよう言うてあったやろ。もしかしたら大事なお客さんかもしれん」

「へ、へえ……けど、この方はどう見てもそない大事なお客とは……」

「アホか！　大事か大事でないかはわたいが決めるこっちゃ。それに、わたいを訪ねてきてくれたお方を選別するようなおごった真似はしとうないのや。わたいは金はばらまくけど、それは拾うたものの実入りになる。よそで使うてくれたら無駄にはならん。けど、いっぺん信用を失《うしの》うたら取り戻すのはたいていのこっちゃないのやで」

「す、すんまへん、勝手なことして……どうぞ堪忍《かんにん》しとくなはれ」

お福旦那は幸助に向き直り、

「このものもこう申しておりますさかい、許してやっとくなはれ。えらいお待たせし

て申し訳おまへんでした」

幸助は拍子抜けした。金満家のもの知らずの傲慢《ごうまん》なぼんぼんかと思っていたら、案外話のわかる人物のようだ。

「いや……俺も意固地になっていたのだ。金八、すまなかったな」

幸助がそう言うと、お福旦那は両手で小判を押しいただくように受け取り、それを金八に渡した。

「おまはんも、おのれの勤め大事と思やこそそういうことをしたのやろ。これは叱り賃や。取っといてや」

「お、おおきに。こないにもろてよろしゅおまんのか」

「これも、このお方がお金を届けてくれはったおかげやで。このお方にも礼を言いなはれ」

金八は幸助に向かって三拝九拝した。幸助はくすぐったい気持ちで、

「じゃあ、用は済んだ。俺は帰るよ」

お福旦那は、

「待っとくなはれ。せっかく来はったんや。あんさん、お嫌でなかったら、今から二階へ上がって、わたいと一座してもらえまへんか」

「お、俺がか？」

「ほかにだれがいてますねん。さあ、行きまひょ」

お福旦那は、手を取らんばかりにして招き上げようとする。図々しいことではひけを取らない幸助だが、さすがにお大尽《だいじん》のお座敷遊びにこの格好で参加することはためらわれた。お福旦那がよくても、まわりの芸子や舞妓、太鼓持ちたちがとまどうだろう。

「いや……悪いが用があるのでな、今夜は失礼するよ」

「なんの用事だすねん」

お福旦那の問いに、幸助はうっかり答えてしまった。

「じつは狸を探しているのだ」

金八は平然として、

「ほー、幇間《たぬき》だすか」

そう。幇間、太鼓持ちのことを花柳界では「たぬき」と呼ぶことがある。狸の腹鼓と「太鼓持ち」をかけたのだろう。死んだ男が口にしていた「狸」という言葉は、幇間のことを指しているのではないか、と幸助は考えていたのだ。幇間ならば、色里を探すのは当たり前である。

「なんという名前の幇間《たぬき》でやすか」

金八は、失態を取り返そうというのか、やけにいろいろきいてくる。

「わからんが……狐とかむじなとかいう名の太鼓持ちはいないかな」

その瞬間、お福旦那の目が光った。それには気づかず、金八は続けた。

「いてまっせ。六四七《むじな》はんだっしゃろ。えらい人気だすなあ。お福旦那も、今日、どうしても六四七はんを呼びたい、ゆうて置屋にお座敷かけましたのやが、忙しいてあきまへんのや」

幸助は、偶然にも鉱脈を掘り当てたような気になった。幇間には、一二三《ひふみ》とか二三八《ふみや》、二三一六《ふみひろ》、八十七《やそしち》など、数字だけで表した芸名のものがかなりいる。

(もしかすると、と思っていたら、そのもしかだったたな……)

幸助がそう思ったとき、

「六四七はんは、身体が空き次第もらいをかけることになっとりますので、もしかしたら来れるかもしれまへん。ほな、辛気《しんき》くさい話はこのへんにして、飲み直し、騒ぎ直しとまいりまひょか。そちらのお方も二階に上がっとくなはれ」

「いや、俺は……」

すると、お福旦那が言った。

「ちょっとこのおひととふたりきりで話をしたいのや。金八、おまはんは外しとくれ。話が済んだら、わたいは二階に戻るさかい……」

「へ。よろしゅおます」

金八は店の外に呼び込みに出た。お福旦那は幸助に向き直り、

「あんさん、ただもんやおまへんな」

「買いかぶるな。俺は一介の浪人だ」

「いや……わたいは人相を観ますのや。あんさんのお顔、拝見しとりますとな、『悪事災難を呼ぶ大悪相。ただし、裏の顔あり』という相が出とります」

「ほう、俺の相は凶相か」

当たっているではないか。

「のほほほほ……それがそうでもおまへんのや。『世のためひとのために立つ』という相も出とる。察するに、表の顔と裏の顔があるおひと、と見ましたがどないだすやろ」

「さあな……」

「それより、あんさん……六四七になんの用がおありなはる」

お福旦那は探るような目で幸助を見た。

「それは……言えんなあ」

「わたいもじつは、六四七に用がおましてな」

「そうかい」

「もしかしたら、おたがい、同じことを考えとるのやないか、と思いましてな。あんさんはどう思うてはりますのや」

幸助は、お福旦那の福々しい顔につられて、狸と六四七に関するおのれの考えをしゃべりそうになったが、

「いや……会ったばかりだ。腹のなかをさらけだすにはまだ早かろう」

「そうだすな。わたいもあんさんが、六四七側の御仁かそうでないか、まだ見極めがついとりまへん。——ほな、まあ、お近づきのしるしに、今日のところは二階で楽しゅう飲もやおまへんか」

幸助は苦笑して、

「やはり遠慮しておくよ。あんたの座敷に、俺は場違いだろう。もてなす連中がまごつくさ」

「金はきっちり払てあります。芸子にも舞妓にもあんさんに失礼な真似はさしまへん」

「それはそうだろうが、俺がくつろげないのさ。あんたが今度、俺が行くような安い飲み屋に来るというなら、一緒にやろう」

「楽しみにしとりまっさ」

「でも、あんたにひとつだけ言いたいことがある。言ってもいいか」

「もちろんだす」

「金を粗末にしないほうがいい。あんたにとっては餅と同じぐらいの値打ちのものかもしれないが、あんたがばらまいてるその一両のために首をくくるやつも世の中には大勢いるんだ」

お福旦那はにやりと笑い、

「わかっとりま。わたいはけっしてお金を粗末にしとるつもりはおまへん。わたいが使た金は、だれかのものになって天下を回ります。無駄にはなりまへん。けど、川に落ちた銭はだれのものにもならん。無駄金、死に金や。青砥藤綱《あおとふじつな》を気取るわけやおまへんけど、そんなときわたいは、たとえ百両、千両かかっても、見つかるまでその銭を探します」

青砥藤綱は、鎌倉時代の武士である。川に落とした小銭を探すため、はるかに高額な金で松明《たいまつ》を買い、その銭を探させた。世人があざけると、

「松明を買った銭は商人の手から手へと世間を回るが、川に落ちた銭はそのままだ。だから、松明代は無駄にはならぬ」

そう言ったという。

「それに、世間から見ると、わたいは金をばらまいて喜んどる阿呆《あほう》だすけど、これでもいろいろ考えとりますのや。金を撒くと、人間の本性がわかります。まあ……撒《ま》き餌《え》みたいなもんだすな」

「撒き餌？」

「へえ」

そう言ってお福旦那はすましている。

「まあ、いい。そこまでわかっているなら俺が端《はた》からごちゃごちゃ言うことはない。野暮を言ったな」

幸助が店を出ていこうとしたとき、お福旦那が袖を摑んだ。

「待っとくなはれ。どうやら撒き餌に引っかかったようだっせ」

ふたりが柱の陰に身を隠すと同時に、ひとりの男が入ってきた。女ものと見まがうぞろりとした赤い絹物に、黒の紋付きを着、頭には置き手ぬぐいをし、紺のパッチをはいている。頰紅をつけ、目の周りを黒く縁取りして、ひょうきんな顔に見せている。

どこから見ても幇間……つまり、狸である。

「六四七でおますー。お招きにより参上つかまつりましたー」

声を張り上げて呼ばわった。金八が聞きつけて、

「おお、六四七はん。待ってたんや。お福旦那がお待ちかねやさかい、すぐに二階に上がってんか」

「へえ、かしこまりました！」

幸助はその男の顔を穴が開くほど見つめた。化粧はしているが、それ以外にはこれといって特徴のない顔だ。狸にもむじなにも、もちろん狐にも似ていない。六四七は踊るような足取りで階段を上がっていく。少しがに股だ。幸助とお福旦那は顔を見合わせた。

「わたいはもう戻ったほうがよろしいな」

「そのようだな。主役がいないと芝居が進まない」

「あんさんはどうなさいます。来てもろたかて、わたいはかましまへんで」

「俺がいると、おそらくあいつは妙に思って、ぼろを出すまいとするだろう。あんたに任せるよ」

お福旦那はにっこりと笑い、

「今夜の首尾を明日にでもお知らせしとうおます。お名前とお住まいを教えてもらいますやろか」

「俺は、福島羅漢まえ日暮らし長屋の葛幸助という絵師だ。画名は葛鯤堂と申す」

「羅漢まえとは味わいのあるところにお住まいだすな。わたいは、なんとお呼び申したらよろしいやろ」

「そうだな。かっこん先生とか貧乏神とか呼ぶやつもいるよ」

「のほほほ……貧乏神はあんまりや。ほな、明日《みょうにち》参上しまっさ」

「まことに来るつもりか。ひどいところだぞ。驚かんでくれよ」

「心得ました」

「ところであんたは何ものなんだ？　どこかの大店のぼんちだと聞いたが……」

「それがその……あんさんのお名前をうかがっといて失礼な話だすけど、わたいはわけあって名乗れまへんのや。堪忍しとくれやす」

「それはかまわんが、俺はあんたのことをなんと呼べばいい？」

「この里では福の神というのが通り名になっとりますさかい、福と呼び捨てしていただければ」

「福か。わかった。——では、福、あとを頼む」

「承知しました……貧乏神先生」

ふたりは大笑いしながら左右に別れた。これが、貧乏神と福の神のはじめての出会いであった。

3

帰路、酒屋で二升購《あがな》って、ついでにスルメも買い求めて帰宅した。戻ったことを隣家のとらに告げると、もう眠っていたらしいとらはごそごそ起き出してきて、

「酒買いに行ったにしては、えらい遅いやないか」

「おまえに言われたので気を変えて、新地で遊んできたのだ」

「あはははは……嘘つくならもっとバレへんようにつきなはれ」

「嘘ではない。福の神とかいうお大尽と一緒だったなあ」

「アホか。お福旦那とかいう大尽のことやったら、わても耳にしとる。お茶屋を貸し切りにして、小判撒く、ゆう噂や。そんなおひととあんたが一緒のわけがないやろ」

信じそうにないので、幸助はあきらめた。

「酒を買ってきたぞ。どうだ、おまえも一杯。アテもあるぞ」

「え? えぇのかいな。そら、ありがたい」

とらは勝手知ったる幸助の家に先に立って上がり込んだ。行灯《あんどん》の明かりを点《つ》け、カンテキのうえにスルメを置いて、火種を入れて渋団扇であおぐ。欠け茶碗をふたつ出し、それぞれに冷や酒を注いだ。とらは、遠慮もなにもなく、がぶがぶと酒を飲み、

「あー、甘露《かんろ》甘露。五臓六腑に染み渡るわ。これでまた長生きできそうや」

幸助も、色里の座敷で主人役に気を使いながら飲むよりも、こうして家できこんかいに飲むほうがずっと楽しい、と思った。しばらくすると、スルメの焼ける良い匂いが漂ってきた。

「きちきちっ……」

隅っこのほうでキチボウシが鳴いている。幸助はスルメをむしると、そちらに放り投げた。キチボウシは喜んでかじりに行った。

「なんや、かっこん先生、ネズミを餌付けしてるんかいな」

「まあな」

「そら、さびしいわなあ。ええ年した若いもんが、嫁はんも持たんとひとり暮らしやもんなあ。そろそろあんたも、ネズミと遊んどらんと、身を固めたらどないや」

「大きなお世話だ」

「家主とこのおみっちゃんはどや？　あんたに惚れてるんとちがうか？」

「馬鹿を言うな。まだ十五だぞ」

「わてでよかったら、一緒になったるで」

「いらん」

幸助は酒をぐびりと飲んだ。

「ところで、おまえが鎮守の森で立ち聞きした話だが、殺された男は『狐が、狸のむじなになっとる』と言ったのだな」

「そや」

「殺した男に、『狐どん』と呼びかけていたのだな」

「そや」

「つぎの腹鼓はみかんか狸か、とたずねて、その返事はみかんだったのだな」

「そや」

「間違いないな」

「いや……わても近頃、耳が遠なったさかい、多少は聞き間違いもあるかもわからん」

今になって、頼りないことを言う。

「狐が足りぬな……」

「なんやて？」

「狸とむじなはだいたい意味がわかった。あとは、狐だ」

狐に似た面相の男が下手人ではないか、と幸助は考えたが、今のところそれらしい人物は見あたらない。紀州屋が襲われたのだから、「みかん」は紀州を意味していることはほぼ確実だ。ならば、「狸かみかんか」の「狸」は幇間ではなく、つぎに押し入る店のことではないだろうか……。

「先生、なにを言うてますのや」

「なんでもない。まあ、飲め」

すすめられるがままにとらは酒を飲んだ。

「空きっ腹によう回るわ。スルメもちょうだい」

「おまえ、歯がないのに嚙めるのか」

「スルメはこないしてべろべろしゃぶりますねん。美味《おい》しい汁が出てきたところで、お酒をくっと飲む……」

「汚いなあ」

「そう言えば先生、経師屋《きょうじや》の完助《かんすけ》はんいてまっしゃろ。まえに、あそこの嫁はんに狐が憑《つ》いたことがおまっせ」

「ほう、どうやって治したのだ」

「祓いたまえ屋の陣太《じんた》が松ぼっくりを燃やして、煙でいぶしたら、嘘みたいに治りましたわ」

「ふーん……」

「狐、狸はひとを化かすゆうのはほんまだっせ。あなどったらあかん。狐の眷属《けんぞく》は、九尾の狐とか狐火とかオサキ狐とか葛の葉とか……ろくなもんはいてまへんで」

「でも、狐はお稲荷さまのお使いだろう。おまえも稲荷神社の森で『狐どん』に会ったんじゃないか」

「そらそやな。怖いのかありがたいのかようわからんようになってきたわ。もう一杯おくなはれ」

やがて、とらは酔いつぶれてしまい、その場で寝てしまった。

「きちきちっ……」

キチボウシが寄ってくると、小さな老人の姿になった。

「我輩の分は残っておるだろうな。婆め、全部飲んでおったら承知せんところぞよ」

そして、スルメを噛みながら酒を飲みはじめた。

「で、なにか新たなことがわかったか」

「下手人は色里にいる、という俺の勘が当たったようだ。幇間の六四七というやつが怪しい」

「狸のむじなというわけじゃな。ひっつかまえて町奉行所に突き出してやらんかい」

「怪しい、というだけで証拠はなにもない。町奉行所も動いてはくれんだろう」

「では、どうするのじゃ。放っておくと、つぎの災厄が起きるぞよ」

「おまえが言うな。——今、福の神という男がそのあたりを調べてくれているはずだ」

「福の神じゃと？　こりゃまたうっとうしいやつがおるもんじゃな。そんな輩は我輩がぶん殴ってやる」

口では物騒なことを言いながらも、キチボウシは上機嫌で酒を飲んでいる。

「厄病神なら知っているだろう。狐、狸はひとを化かすというが、あれはまことなのか」

「うわっはっはっ……そんなわけなかろう。ただの獣だ。おのしも日頃、あいつらからむしり取った毛で筆を作っておるだろうが。木の葉を頭に乗せて化けるとか、月夜に腹鼓を打つとか、そんなことはそれこそ眉唾ものじゃ」

上手いことを言ったつもりでキチボウシがどや顔をしたとき、

「ごめんなはれや。貧乏神の先生の家はこちらだすか」

家の外で声がした。幸助にはすぐにその声の主《ぬし》がわかった。

「貧乏神の住処に福の神さまのご入来か。どうぞどうぞ、ずずっとお入りくだされ」

入ってきたのはお福旦那だった。弱々しく灯《とも》る明かりを心細そうに見やりながら、おそるおそるの足取りである。お福旦那は、狭い三畳ひと間を見渡したが、老婆がいびきをかいて眠っているのに気づき、ぴくっとした。

「失礼しました。ご母堂でおますか」

幸助はぷっと噴き出した。

「ちがうちがう。隣の糊屋の婆さんだ。酒を食らって寝てしまった。この婆さんが、鎮守の森の殺しの場にたまたま居合わせたのだ」

「ほほう……」

「座布団もなにもないが、そのあたりに座ってくれ」

お福旦那は、筆の材料や絵の描き損じの紙、徳利などのあいだにこわごわ腰をおろした。

「早速のお越しとは驚いたな。まだ宵の口ではないか。来るのは明日ではなかったのか」

「今日はあの店に泊まって、明日の朝にでも……と思とりましたが、すぐにお知らせしたほうがええことを耳にしましたので、中途で切り上げてきましたのや」

「それは悪いことをしたな。すぐにここがわかったか」

「いやあ、ひと汗かきましたわ。このあたりはえろうごちゃごちゃ……あ、いや、これは失礼」

「ははは……そのとおりだ。建て増し建て増しで作られた長屋なのでな、とにかく入り組んでいて、はじめてのものはたいがい迷う」

「あちらでたずね、こちらでたずねして、ようようたどりつきました。もう忘れしまへん。つぎからはすぐに来れると思います」

「まあ、一杯いこう。汚い茶碗で申し訳ないがな」

幸助が茶碗を突き出すと、

「向こうでせんど飲んできましたんだすけど、ほな、一杯だけ」

注がれた酒に口をつけ、美味そうに喉を鳴らした。

「で、知らせたいことというのはなんだ」

「あんさんも六四七に目をつけてなはる。しかも、あっち側のお方やない、ということもわかりましたので、ここはぶっちゃけてお話ししまっさ。わたいは、あの男が近頃頻発してる押し込みの主《ぬし》やないかと疑うとりますのや」

「俺もそうだ」

幸助も思わず本心を言った。お福旦那は顔をほころばせると、

「やっぱりそうだしたか。わたいがなんであの男に疑いを持つようになったかと言いますとな……」

ある夜、お福旦那がひとりで提灯も持たず夜道を歩いていると、老松町の裏通りの用水桶のところにうずくまっている男がいる。月明かりだけを頼りに闇を透かし見ると、どうやら包丁か匕首のような刃物を洗っているらしい。足音を立てぬようにそっと近づいてみたが、頰かむりをしていて顔はよくわからない。しばらくすると男は立ち上がり、左右を見渡してそのまま走り去った。がに股だったことだけが頭に残った。

「その夜、江戸堀にある乾物屋に押し込みが入って、主と奉公人が殺された、と翌朝知りました。その店は、構えは小さいけどけっこう儲《もう》かってると評判だした」

町奉行所に行って、昨夜見たことを話そうかとも思ったが、そうするにはまず、どのなに兵衛であるかを言わねばならない。それはしたくなかった。

「結局、放っておくことにしましたのやが、その晩、新地に遊びに行ったときのこと

でおました……」

彼はたまたま、ひとりの幇間が歩いているのを見た。その男はがに股だった。世の中にがに股の男などはいて捨てるほどいる。しかし、お福旦那にはその幇間が、あのときうずくまって刃物を洗っていた男に思えてしかたなかった。なんとなく、そんな勘が働いたのだ。その幇間はひと混みに消えてしまった。お福旦那は近くにいたひやかし客に、

「今そこを歩いていた太鼓持ちはどなたでしたかいな」

ときいてみた。

「ああ、六四七はんだすか」

彼は、置屋の名前も教えてくれた。

「こないだ曽根崎に来たばかりだすけど、しゃべりができて、踊りも上手い、頓知《とんち》もきいて、世間の表裏《おもてうら》もよう知ってる、ゆうのでえらい人気でなあ。お座敷をかけてもなかなか来てもらえん、ゆう話ですわ。かなり金を積まんとあかんらしい」

「ほう……太夫並みやなあ。ここに来るまえはどこにいたんやろ」

「さあ……南地《なんち》て言うてたかなあ。なんせ、おのれのことはあんまり話したがらんそうですわ」

お福旦那は、六四七が所属している川村という置屋へも行ってみた。置屋というのは芸子や舞妓を抱えている家のことで、幇間もいわゆる「野太鼓」以外は皆、どこかの置屋に属している。川村の女将《おかみ》の話では、昨夜は六四七は休みを取っていたとのことだった。住まいもきいたのだが、すぐに住居を変えるらしく、女将も今どこに住んでいるのかは知らないという。

（でも……まさかなあ……）

がに股だから、という理由だけで押し込みの下手人と決めつけるのはあまりに強引だ。そう思ってしばらくは六四七のことを忘れていたお福旦那だったが、昨夜、よく似た手口の押し込みが紀州屋で発生した。お福旦那はまた川村に行き、昨夜、六四七は来ていたかどうかを確かめた。

「六四七はん、きのうはお休みだした」

「よう休むんかいな」

「そんなことおまへん。十日か十五日にいっぺんぐらいだすわ」

「悪いけど、わたい、今夜、時雨楼《しぐれろう》におるさかい、六四七はん、身体が空いてたらぜひ来てもろて」

「困りましたなあ。今日はよそでお座敷がかかっとりますのや」

「えらい人気やな。わたいもいっぺん会いたいと思とるのやが、もし、そっちの座敷を抜けてちょっとでも顔出してくれたら、頭から小判漬けにしたげる、とこない言うといて」

「へえへえ、それやったら行くかもしれまへん。ずいぶんとお金には執着のあるひとやさかい……」

それがさきほどの出会いにつながったのだ、という。

「なるほど、そうだったのか」

「で、あんさんにすぐにお伝えしたかったことというのは、わたい、あのあと六四七に言うたんだす。おまはんのこと気に入った。これから毎晩、おまはんの身体はわたいが預かるさかい、よそを断ってわたいの座敷に来とおくれ、その分、祝儀をはずむで……そう言うと、えらい喜びよったけど、『旦さん、六日後だけはあきまへんのや。ちょっと野暮用で休まなあかんのだす。ほかの日は、旦さんのお座敷を勤めさせていただきまっさ』……」

「六日後か」

幸助は、この得体の知れない若旦那を信用する気になった。金のありがたみを知らないどころか、だれよりも金の使い方を知っている男ではないか。

「六四七に、それとなく住んでるところをききましたのやが、なんやかんやとうまいことはぐらかしよりましたわ。——で、先生のほうはなんで六四七が臭いと思いなはったのや」

そこで、幸助は、鎮守の森でのふたりの男の会話の中身について細かく話をした。「みかんか狸か」という言葉が紀州屋への押し込みを意味していた、と気づいたことや、「狐が狸のむじなになっとる」という言葉から、「狐」という男が六四七という幇間に化けている、と推理したことも説明した。

「『腹鼓』というのは『腹づもり』という意味の符丁かもしれまへんな」

「なるほど、そうかもしれん」

「けど、犬が狸の死骸をくわえてた、というのはどういうことだすやろ」

「うーん……それはたまたまかもしれん。森のなかだから狸も棲んでいるだろう。あたりに狸の毛が落ちていたのも、その死骸から抜け落ちたものかもな。狸のことにあまりこだわると、正しい道筋を見失うような気もするんだ」

「殺された男はどこのどいつです？」

「知り合いの瓦版屋が調べてくれた。ゲジゲジのガン太という小悪党でな、かつては鬼瓦の信右衛門という盗人の手下だった男だそうだ。近頃はつまらぬ詐欺やごまの灰でその日を暮らしていたらしい」

「つまり、どれも盗人の使う符丁、ということだすな。ここまでわかったら、町奉行所に教えてやったらあとはなんとかするのとちがいますやろか」

幸助はかぶりを振った。

「証拠がない。六四七はまだ、おのれが怪しまれていることに気づいていないだろう。下手に今動けば、感づいて、姿を隠すかもしれん」

「証拠かあ。証拠なあ。六日後にどこに押し入るかわかってたら、そこに網を張ることもできるんやけど……」

「みかんか狸か、というのだから、つぎは『狸』のはずだ。それがなにを意味するのかわかれば……」

「高津の黒焼き屋やおまへんやろか」

高津の黒焼き屋というのは、狐やイモリなどの黒焼きを惚れ薬などと称して販売している怪しげな薬屋である。

「なるほど、黒焼き屋なら狸も扱っているかもしれんが、一番名高いのはイモリだろう。『狸』を符丁にするかな」

「あきまへんか。けど、それやったら狸の置きものを目印にしてる店とか、屋号に狸が入ってる店とか、店の親爺《おやじ》の顔が狸に似てる店とか、狸汁が名物の居酒屋とか……なんぼでもおますやろ」

狸汁というのは、こんにゃくを煎ったものを入れた汁で、狸の肉が入っているわけではない。

「うーむ、そうだな。俺の仕事も狐や狸の毛を使っているわけだし……」

そこまで言ったとき、幸助はふと、弘法堂のことを思った。弘法堂は、筆先の材料として獣の毛をあちこちから仕入れている。もちろん狸の毛も使ってはいるが、馬や狐、猪、イタチなどさまざまな獣のものを用途に応じて使い分けているので、

（あの店を「狸」とは呼ぶまい）

そう思って少し安心した。

「まあ、今夜はここまでにしておこう。あとは……飲もう。スルメもある」

幸助は、お福旦那の茶碗に酒を注いだ。

「いただきまひょ」

座敷でせんど飲んできた、と言っていたわりに、お福旦那はそれをひと息で飲み干し、

「ああ……やっぱりああいう場所で芸子、舞妓、太鼓持ちをまわりに置いて飲むより、

こういう気楽な席で飲むほうがよろしいな」

「妙な世辞を言うな」

「いやいや、ほんまだっせ」

「じゃああんたは大金を払って、いやいやああいう場で飲んでいるわけか」

「そうだすねん。いろいろ気ぃ使いながら飲むやなんて、なにがおもろいのかわからん。——さあ、あんさんもいきなはれ」

「これはすまんな」

くだらない話をしながらやったりとったりしているうちに、ふたりはそこにあった酒をすっくり飲み干してしまった。どちらもかなりへべれけになっている。

「いやあ、楽しゅおますなあ。わたい、近頃、こんな楽しゅう飲んだことおまへんわ」

「俺もだ。——酒がなくなったから買ってこよう」

「わたいが出しますわ。おごってもろてばかりでは心苦しい」

「いや、俺の家で飲んでるのだから俺が出す」

「いやいや、失礼ながらわたいは金だけは持っとります。出させとくなはれ」

幸助は真顔になり、

「おい、お福旦那……いや、福！」

「な、なんだすねん」

「俺はあんたと気が合うた。だから、これから長くつきあいたい」

「へえ、わたいもだす」

「俺は金のない貧乏神で、あんたは裕福な福の神だ。だが、五分五分でつきあうためには、俺に金をめぐむな」

「金をめぐむとか、そんなつもりは……」

そこまで言ったあと、お福旦那も顔を引き締め、

「わかりました。あんさんに金は出さんようにしまっさ。わてとあんさんは五分五分だす。それでよろしいか」

「わかってくれてうれしい。――飲もう」

「せやから酒がおまへんのや。買うてこな……」

「そうだった」

幸助は、瓦版屋の生五郎が置いていった金の残りを摑んでよろよろと立ち上がった。

お福旦那はそれを押しとどめ、

「あんさんのお家だすさかい、お酒はおごっていただきますけど、せめて買いにいく

ぐらいはわたいにやらせとくなはれ」

「なに？　あんたが買いにいく？　よかろう。行け、福。この徳利を持って角の酒屋まで買いにいけ！　閉まっていたら叩き起こして買ってこい」

「承知しました！　福、必ずや酒を買ってまいります！」

「おお、その意気やよし。行け！　行け！」

ふたりともべろべろになっている。お福旦那が徳利を下げて、

「雨のしとしと降る晩に、豆狸《まめだ》が徳利持って酒買いに……」

そう歌いながら表に出ていくのを、幸助は手を振りながら見送ったあと、

「ああ、面白いやつと知り合いになれた。人生とは面白いものだな」

そうつぶやいた。その目のまえにキチボウシが老人の姿で現れ、

「なにが面白いやつ、じゃ。どこの馬の骨ともつかぬのだぞ。信用ならぬ」

「信用ならぬといえば、小さいジジイの格好で酒を飲んでいるやつが一番信用ならぬだろう」

「ふん！　我輩の酒をみんな飲んでしまいよって。なーにが福の神じゃ。けしからぬ！」

「だから、今、買いにいってくれたではないか。なにを怒っているのだ」

「わからぬか。今の男、福力が強すぎる。ああいうやつがおると、われら厄病神は力負けしてしまう。照らしがきついゆえ、こちらが霞んでしまうのじゃ。どうやら八卦《はっけ》も見るようじゃ。二度とつきあってはならぬぞ」

「おまえは箱入り娘の親か。俺がだれとつきあおうとおまえの指図は受けぬ」

「我輩の言うことをきけ！　いいか、あんな金持ちなんぞと……」

そのとき、

「福、酒を購うて、ただいま戻りました！」

お福旦那が入ってきた。それまで陰気だった家のなかが急に明るくなったように思われた。キチボウシは「ハレハレハレ……」と言ったかと思うと姿が薄くなり、ふわっと消えてしまった。

(照らしがきつい、というのはこのことか)

そう思った幸助のまえにお福旦那は徳利をどすんと置くと、

「お待たせしました。酒屋が閉まっていたので戸をどんどん叩いて起こすと、どうやらそこは酒屋ではなく薬屋だったので、しかたなく万金丹《まんきんたん》と陀羅尼助《だらにすけ》、ガマの油も買いました。そのあと酒屋に回ったので遅うなりました。これはおみやげでおます。これをアテに飲みまひょ！」

そう言って、万金丹と陀羅尼助の袋をあたりにばらまいた。

「こんな苦いもので飲めるか」

幸助が笑いながら徳利を受け取り、自分の茶碗に注いだとき、

「お今晩は。先生……明かりが点いてますけど、起きてはりまっか」

外で声がした。夜も遅いので小さな声である。

「おう、生五郎か。貧乏神と福の神が酒盛りの最中だ。入れ」

瓦版屋の生五郎が不思議そうな顔つきで入ってきた。かなり酔っているようで、鼻の先が真っ赤で、吐息が酒臭い。

「例の鎮守の森の殺し一件だすけど、またわかったことがおますのでお知らせに参じましたのやが……」

生五郎はそう言いながらお福旦那をちら見した。白塗りをした男が座っているのだから、気にして当然だ。

「このおひとなら心配いらん。お福旦那といって、新地の豪遊で知られた御仁だ」

「えええええっ！」

「なぜ驚く。俺が嘘いつわりを申しているとでも言うのか」

「いえ、お福旦那のことは耳にしとります。餅みたいに小判を撒くお方やと……。け

ど、そんなお大尽が、なんでこんな貧乏長屋のよりによって貧乏神のところにいてはるのか、と……」

「あはははは……俺は福の神とは兄弟分なのだ」

「へー、いつからです」

「たった今からだ。――で、わかったことというのはなんだ」

「へえ……じつは連れがおまんのや」

「連れ？　それを早く言え。入ってもらいなさい」

幸助の言葉に生五郎は外の暗闇を振り返り、

「お許しが出た。入ってこい」

入ってきたのは見知らぬ男だった。こちらのほうは生五郎よりもはるかに酔っているようで、熟柿のように赤い顔である。目が据わっていて、幸助とお福旦那を下から見上げるようにして、

「おい……おまえら、だれや」

生五郎があわてて、

「さっき言うたやろ。絵師の葛先生や」

「そんなん聞いてない。ここ……どこや」

「それも言うたやろ。福島羅漢まえの長屋や」

「なんやと？　なんでこんなとこに連れてきたんじゃ！」

「おまえが行く、て言うたんやないか」

生五郎は幸助たちに向き直り、

「昼間お話しした西町の古畑旦那の手下《てか》で、白八《しらはち》という男でおます。もう少し聞き出したいと、今の今まで煮売り屋でさんざっぱら飲まして、いろいろ話を探り聞いとりましたんやが、酒に意地汚い性分でタダ酒やと思たらなんぼでも飲みよる。えらい酔っぱらいよって、今から福島羅漢まえの日暮らし長屋まで知らせにいく、と言うたら、かっこん先生に自分で話したいからついていく、ゆうて聞きまへんのや」

「かまわんぞ。——白八、おまえは古畑同心の手下だそうだな。鎮守の森の一件について存じ寄りを教えてくれぬか」

「はあ？　古畑の手下？　なんでわいがあんなやつの下聞きやねん。あいつのほうがわいのために働いとるのや」

「それは失礼した。鎮守の森の殺し、西町ではなにかつきとめたのかな」

「なあんにもわからへん」

「え？」

「どうせヤクザ同士の喧嘩や、いうことでほったらかし。みんな、紀州屋の件にかかりきりや。けど、うちの旦那はもちろん、西町であの一件をちゃんと扱える同心、与力がひとりでもおると思うか？　あの連中、おのれではなんにもでけんくせに、手下をこき使うだけこき使うて、銭をくれん……ろくでもないガキばっかりやで！」

「はあ……なるほど。つまりは、殺されたゲジゲジのガン太のことも、まだなにもわかっていない、と……」

「そういうこっちゃ！　ガン太は鬼瓦の信右衛門の子方やった、というほかはなにもわかっとらん。鬼瓦の信右衛門もとうの昔に隠居しとるから五里霧中や。わいが旦那に、信右衛門の昔の身内を調べまひょか、て言うても、今はそれどころやない、いらんことはするな、やて。あははは……西町も東町も同心はアホばっかりやで」

白八は怪気炎をあげると、そこにあったお福旦那の酒を勝手に飲み干した。

「お、おい、それはわたいの……」

「ん……？　おまえ、だれや」

「わたいは福というもんだす。わたいも、ゲジゲジのガン太のことは知りまへんけどな、鬼瓦の信右衛門とかいう盗人の親方のことはちょいと耳にしとります」

「へえ、そうかいな」

「あんたも、仕えてる旦那がしっかりしてないさかい困りもんだすなあ」

「そやねん。古畑のガキ……あいつ、ろくなもんやないねん。ほんま、ええ加減にしてほしいわ」

白八が徳利から酒を注いで飲みながらそう言ったとき、

「白八ーっ！」

怒鳴り声が表から聞こえた。幸助は、

「また、だれか来た。今夜はよく客が来るな」

その言葉が終わらぬうちに、侍がひとり、家に入ってきた。瓜のように長い顎……噂の定町廻り同心、古畑良次郎ではないか。

「よう、小便はどうなった？　漏らさなかったか？」

古畑はぎょっとして幸助を見た。

「き、き、貴様はあのときの……。そうか、ここは貴様のねぐらだったか」

古畑の両眉毛がつり上がった。

「さぞかしあそこが腫《は》れ上がっているだろう。ここにガマの油があるから塗っておけ」

「な、なにい……？」

「神聖な鎮守の森で小便をするなどもってのほかだ。神罰が当たったんじゃないか、と思ってな」

古畑は顔を赤く染め、

「うるさい！　そんなことはどうでもよい。——居酒屋で白八を酔わせ、御用の筋のことを聞き出そうとしているやつがいる、と耳にした。そやつが白八に、今から福島羅漢まえ日暮らし長屋に行く、と申しておった、と居酒屋の主《あるじ》に聞いたのだ」

「ほほう……」

「通りの向こうまで聞こえるような声で騒いでいる家があるので来てみたら……白八！　ろくなものではない、とはだれのことだ！　申してみよ！」

「あっはっはっはっ、そりゃあんたのことや」

白八は手を叩きながら言った。

「な、なにい？」

「あんたが『申してみよ』て言うたさかい言うたのや。悪い？」

「きききき貴様……許さんぞ！」

「わいのほうこそ許さんぞ。この馬鹿同心」

「抜かしたな！」

茹《ゆ》で蛸《だこ》のようになった古畑は十手《じって》を引き抜き、土間から飛び上がると白八に打ちかかった。しかし、寝ていたとらにつまずいてそのうえに倒れ込んだ。

「こらあ！　気分良う寝てるのに……おまえ、どこのだれじゃ！」

「なんだ、このババアは！」

「だーれがババアやねん！」

寝起きで機嫌の悪いとらは古畑にむしゃぶりつき、目や鼻に指を突っ込んだ。

「や、やめい、ババア！　ひゃめぬか！」

焦った古畑は、とらの脳天めがけて十手を振り下ろした。幸助が止めようとしたとき、横合いからお福旦那がするりとまえに出ると、徳利で十手を受け止めた。安物の徳利は粉みじんに壊れ、古畑は顔面に酒を浴びた。水に濡《ぬ》れた犬のように頭をぶるぶる振った古畑は、

「ううぐぐ……貴様ら、ひとり残らず召し捕ってやる！　白八！　縄を打て！」

しかし、白八はとらが今まで寝ていた場所でいびきをかいている。

「白八！　白八！　起きぬか！」

いくら怒鳴りつけても手下が目を覚まさないので、古畑は業を煮やして白八の背中をどやしつけた。白八は目をこすりながら立ち上がり、

「うーん……ここはどこ？　わいはだれ？」

少し酔いが覚めたらしい。

「あれ？　古畑の旦那や。おはようございます」

「なにがおはようだ。やっと正気に戻ったか。早う縄を打て」

「はあ？」

白八はきょとんとした顔で古畑を見ている。

「縄だ。縄を打てと申すに。早ういたせ！」

「へ、へえ……」

白八は目を白黒させながら古畑を捕り縄で縛ろうとした。

「こ、こら、なにをする！　私ではない！」

古畑が十手で白八の縄を払おうとしたが、目測を誤り、壁に叩きつけてしまった。

長屋の壁は薄い。見事にぽっかりと丸い穴が開いた。幸助はため息をつき、

「なんということをしてくれたのだ。町奉行所のほうで直してくれるのだろうな」

「知るかっ！」

叫ぶ古畑を、白八はまだ縄でくくろうとしている。そこにふたたびとらがつかみかかり、逃げようとした古畑がカンテキを蹴飛ばしてもうもうと灰が立ち上《のぼ》った。狭い

家のなかに白いものが充満《じゅうまん》した。

「ぶわっふ、ぶわっは……」

皆は髪や顔を真っ白にしながら激しくせき込んでいる。

「うっふ、ぶほっ」

「お、おまはんら、なにやっとるのや！」

またたれかが入ってきた。家主の藤兵衛だ。

「夜中にやかましいと思て来てみたら、こんなとこに六人もほたえとる。徳利は割れとるし、灰はぶちまけられとるし、うわあ、壁に穴開いとるがな。——先生、ええ加減にしとくなはれや。ほかのことはともかく、この穴は修繕してもらいまひょか！」

「お、俺ではない。この町方同心がやったのだ」

古畑はぎょっとして、

「わ、私はだな、その、つまり……おい、白八、帰るぞ！」

古畑と手下は転がるように逃げていった。

とらは隣に、藤兵衛、生五郎はそれぞれの家に帰っていった。残ったのは幸助とお福旦那である。こぼれた酒やらスルメの切れ端やら割れた瀬戸物やら落ちた壁土やらが散乱して足の踏み場もないなかに、ふたりは座り込んでいる。

「十手を徳利で受け止めるとは……なかなかの腕ではないか」

「のほほほ……たまたまだすわ」

「いや……揚心流小太刀免許皆伝の腕と見たが僻目《ひがめ》か？」

幸助が言うと、お福旦那は鬢《びん》をぽりぽり爪で掻きながら、

「おい、貧乏神」

ため口だ。

「なんだ、福」

「さっき、わたいのことを兄弟分やと言うたな。あれは一時のでまかせかそれとも本心か」

「本心に決まってるだろう」

「そうか……」

お福旦那は少し間を置いたあと、

「おおきに。うれしいわ」

ぼそりとそう言った。

しばらく沈黙したあと、

「あんさんのおかげで、生きる張りが出てきた。これまではわたいひとりで世のため

になりそうなことを見つけてきたけど、ちょっと心強うなった」

「茶屋で散財するのが世のためになるのか」

「ああやってネタを集めてるのや。金で押し込みやひと殺しを防げたら安いもんやがな」

「アホぼんのふりをしてる、というわけだな」

「のほほほほ……アホはアホや。ふりではできん」

「はっはっはっはっ……」

「金は天下の廻りもの。一カ所に留《とど》めておいたら腐ってしまう。かと言うて、変な使い方をしたらかえってひとを不幸にする。あんな具合にするのが一番後腐れがないのや。それに、わたいには金をどんどん使わなあかんわけがある」

「どういうわけだ？」

「それは……おいおい話するわ。——ほな、また来るさかい」

「あんたは俺の家を知ってるが、俺があんたに会いたいと思ったらどこに行けばいいのだ」

「曽根崎に来てんか。たいがい毎晩うろついてるわ。おらなんだら、そのへんの店の若い衆やらひやかしの客にきいとくれ。それでもおらなんだら、難波《なんば》新地やろな」

そういうのも面白かろう、と幸助は思った。お福旦那はよろよろと家を出ていった。

それを見届けた幸助が座ったままとろとろと眠りかけたとき、

「えらいこっちゃ！」

そう言いながらお福旦那がふたたび戻ってきた。幸助は欠伸をしながら、

「忘れものか？」

「そやない。たいへんなことを思い出したのや」

「ほう……」

幸助は座り直した。

「さっきゲジゲジのガン太が鬼瓦の信右衛門いう盗人の子方やった、という話が出たな」

「ああ」

「信右衛門の一の子方……狐火の泰平《たいへい》ゆうやつやったわ。いろんな商売に化けるのが得手《えて》でな、これと目をつけた店にうまいこと入り込んで、手引きする役目やったらしい」

「狐火……狐か」

幸助はしばらく「狐火」という言葉を舌のうえで転がしたあと、

「どうしてそんなことを知っている？」

「のほほ……それは、内緒や」

お福旦那はなぜか哀しげに笑うと千鳥足で帰っていった。幸助は上がり框《がまち》に突っ伏すようにして昼過ぎまで眠った。キチボウシが酒の残りをなめているらしいちゅうちゅうという音が子守歌代わりになった。

◇

翌日は雨だった。生五郎にもらった金は一晩で底をついてしまったので、もうからっけつだ。空腹を我慢して幸助は家を出た。隣家のとらに留守の用心を頼もうとしたが、昨夜の深酒のせいか、声をかけても返事がない。しかたなく、雨で商売に出そびれていた東隣の飴屋《あめや》にお願いした。まだ独り身の飴屋は商売ものの飴を幸助に差し出し、

「どうせ雨で売れんさかい、先生に一本あげますわ」

「雨で飴が売れんとは皮肉だな」

甘いものは苦手な幸助だが、ありがたくちょうだいし、ふところに入れて歩き出し

た。

行き先は紀州屋だ。おとといの晩に主人夫婦を亡くしたばかりなので店は喪に服しているかと思いきや、店のまえで丁稚や手代などが忙しそうに働いていた。暖簾のあいだから顔を突き出した番頭らしき男が、

「さあさあ、しっかり動きなはれや。止まってたらあかん。旦さんへのご恩返しやで！」

そう言って引っ込んだ。よほどこの番頭がしっかりしているのだろう、と幸助は思った。店を立て直そうと必死になっているのかもしれない。皆、顔は暗いが、目のまえの仕事をすることで悲しい出来事を忘れようとしているように見えた。

幸助は、表でべか車から荷を下ろしていた丁稚に、

「主夫婦は気の毒だったな」

「へえ……」

丁稚は怪訝《けげん》そうな目で幸助を見た。幸助はさっき飴屋にもらった飴を出して、

「これをやろう。甘いものを食べていると、つらいことも忘れるものだ」

「お、おおきに……あとでゆっくりいただきます」

「いや、すぐに食え。持っていると手がねとねとになるぞ」

「へ、へえ」

丁稚は顔を輝かせ、周囲を気にしながらその場で飴をなめはじめた。ほっとした表情になり、しばらく一心に飴をしゃぶっていたその丁稚は突然泣き出した。

「どうした?」

「死んだ旦さんも、ようわてら丁稚に飴買うてくれはりました。そのことを思い出して……」

主人思いの丁稚である。

「通夜と葬式はいつだ? 俺は主には昔ちょっと世話になったことがあるのでな」

「お通夜はきのう済ませました。明日が葬礼《そうれん》でおます」

「そうか。得意先や出入りのものへの通夜や葬式の案内はおまえがしたのか」

「へえ。丁稚で手分けしてやりました」

「急なことで、つなぎのつかない出入りのものもいるだろうな」

幸助はできるだけさりげなくそう言った。

「そうでんねや。たいがいは向こうから、えらいことだしたな、言うておくやみを言いにきてくれはりますのやが、今七《いましち》さんだけ見あたりまへんのや」

「出かけているのか?」

「いえ……家主さんの話やと、引っ越したらしゅうおます。引っ越し先もわからんらしいし、困ってまんねん」

「ほう……その男はなにをしていたのかな」

「うちは職人さんに茶碗とか湯呑みとかお盃とか徳利とか土瓶とか……そういう瀬戸物を作ってもろてますけど、その職人さんが作ってないものはほかから買い付けてます。今七さんはよそからそういうもんを仕入れてきてうちに卸してくれてましたのや。今年になってはじめてお取り引きしたおかたでやすけども、値ぇが安うて、品もんがええさかい、旦那さんもすっかり気に入ってはりましたんや」

「つまり、その男は昨日が瀬戸物市で、この店が肝煎りになっていたことも知っていたわけだな。どんな年格好だった？」

「うーん……のっぺりした顔のおひとだすなあ。鼻も低いし、唇も薄い。眉もほとんどおまへん。背ぇも高からず低からず。ちょっとがに股で歩きはりますわ」

「ふーん、そうか」

そのとき、幸助は背後から強い視線を感じた。そっと振り返ったがだれもいない。向かいの質屋の看板の陰にだれかが隠れたような気がしたが確証はない。

「ほかになにか目印はないか」

「さあ、ほかにはこれと言うておまへんわ。――お侍さん、今七さんからなんぞ仕入れまんのか」

「ま、そんなところだ。仕事の手をとめてすまなかったな」

「いえいえ……飴、おおきに」

ぺこりと頭を下げる丁稚に笑いかけながらその場を去ろうとした幸助のまえに、

「そこの痩せ浪人」

現れたのは古畑同心と手下の白八だった。古畑は三日月のような凶眼で幸助をにらみつけ、十手で胸もとを二、三度こづいた。

「なにを嗅ぎ回っている。御用の邪魔をすると容赦せぬぞ」

「なんだ、あんただったのか、看板の陰にこそこそ隠れて様子をうかがっていたのは」

「なんの話だ。私は今来たところだぞ。貴様こそ、なにゆえ紀州屋の一件に首を突っ込む。なにを企んでおる」

「企む？　俺は、つぎの押し込みを防ぎたいだけだ」

「ははははは……つぎに盗人がどこに入るかわかったら世話はない。素人は引っ込んでおれ」

古畑は丁稚に向き直ると、

「おい、素丁稚。主はだれかに恨みを買っていたようなことはなかったか」

「へえ、うちの旦さんはええお方で、どなたにも恨まれているようなことはおまへんでした」

「そういうやつに限って裏ではろくなことをしていないのだ。商人などというものは、所詮《しょせん》金儲けのために動いておる。少しでも相手からむしり取り、おのれの懐《ふところ》を肥やそうと、それればかり考えている。日頃は仲良くつきおうているように見える得意先や職人たち、同商売のものたちも腹のなかではなにを思うておるやわからん」

「そ、そんなことおまへん！　うちの旦さんはだれにでも優しゅうて、みんなに慕われてはりました」

「ふふん、どうだか……」

古畑は十手を丁稚に突きつけ、

「番頭に言うてまいれ。西町の古畑が参った、とな」

丁稚は大慌てで店に入っていった。古畑は幸助に向き直ると、

「まだいたのか。早う失《う》せろ」

「鎮守の森の死体がこの押し込みと関わりがあるとは思わんのか」

「はあ？　あるわけなかろう。あれはただの小悪党の喧嘩だ。悪党がこの世からひとり減ったのだから、喜ぶべきだろう。私は紀州屋に入った盗人を一刻も早く召し捕らねばならぬのだ。悪党が何人殺されようとどうでもよい」

「どうでもよいという言いぐさはあんまりだろう。ひとの命だ」

「道を踏み外したものは死ねばよいのだ。そのほうが世の中はよくなる。貴様も目障りだ。不逞《ふてい》な浪人は、私の胸三寸でいつでも天満の牢に放り込めるのだぞ」

古畑はけたたましく笑いながら店に入っていった。

◇

家に帰った幸助は、真面目に筆作りの作業にはげんだ。今のところ、この仕事が幸助の暮らしを支えているのだ。それに、買い求めたものには、年寄りであれこどもであれ、気持ちよく字を書いてほしいではないか。そう思うと一本もおろそかにはできぬ。夕方までにだいたいの下拵《したごしら》えを終えた。あとは筆先と軸をくっつけるのだが、そのまえによく乾かさねばならない。根を詰めた作業が続いたので、幸助は水を飲み、ごろりと横になった。

ちょっとうとうとしていたようだ。

「おい……おい、貧乏神！」

だれかが揺り動かしている。うっすら目を開けると、そこに福々しい顔があった。

「あ、福！」

「眠ってる場合やないで。えらいことになった」

幸助は上体を起こした。

「さっき新地のいつもの店に登楼《あが》って、六四七を呼んでもろたら、川村ゆう置屋から使いが来て、六四七はんは急に用事ができて、当面、幇間《たいこ》の仕事は休むそうでおます……そんなことを言われたのや」

「なんだと？」

「それは困る、六四七には毎晩来てもらう約束になっとるのや、用事もあるさかい、居所を教えてくれ、て言うたけど、だれも知らんらしい。たぶんねぐらも引き払うてしもたやろ。わたいが派手に動きすぎて、感づかれてしもたのやろか」

幸助はちょっと考え込んで、

「いや……そうではないな。悪いのは俺だ」

「え？」

「昼間、紀州屋に行って丁稚にいろいろたずねていたとき、後ろでだれかが立ち聞きしていた。振り返るとだれもいなかったが、たぶん六四七だったのだろう」

「困ったことになったな。五日後以外はわたいが身体を押さえてるさかい安心や、と思うてたけど、これでわからんようになってしもた」

計画どおり五日後にどこかに押し入るのか、それとも先延ばしにするのか、早めるのか、押し込み自体をやめて高飛びするのか……まるで不明になってしまったのだ。

「せめて、六四七がどこの店に入るつもりなのかわかれば、防ぎようもおますけどなあ……」

「六四七が、あんたの言う『狐火の泰平』だとすると、とらが聞いた『狐どんが、狸《たぬき》のむじなになっとるとは』という言葉は、狐火の泰平が幇間の六四七になっている、という意味になる。『みかんか狸か』の『狸』がどこかの店の符丁なのだろうが……」

「けど、ちょっとそれおかしいで」

お福旦那が眉根を寄せて、

「『狸のむじな』の狸が太鼓持ちのことやとしたら、『みかんか狸か』の狸も太鼓持ちのことになるはずや。ひとつの言葉をふたつの符丁に使うのはややこしいやろ」

「でも、みかんは間違いなく紀州屋だ。だとしたら、狸も……」

「聞き間違えやないやろか。とら婆さんは、森のなかの話を聞いて、頭のなかが狐と狸とむじなでいっぱいになってた。骸《むくろ》のまわりに獣の毛が落ちてた、とか、狸の死骸を犬がくわえてた、とかあったさかいなおさらや。それで、ほかのことを聞いても『狸』と思い込んでしもたのやないか」

「ほかのこと、とはなんだ？」

「さあ……それは……。狸と似たような言葉や」

「たとえば？」

「歯抜け、とか、間抜け、とか……」

「家主《やぬし》とか……」

「タニシとか……」

ふたりが思いつくまま言葉を並べ立てていると、

「びんぼーがみーのおっさーん！」

元気のいい声が聞こえてきた。もちろん亀吉である。お福旦那は思わず笑いながら、

「御名《おんな》が通ってますなあ」

「それほどでもない」

幸助がそう言ったとき、亀吉がちょうど入ってきた。

「ありゃ、お客人だすか」

「このものは福の神と申す御仁で、俺の友達だ」

亀吉はひっくり返るほど爆笑して、

「なははは……貧乏神の先生のお友達が福の神やなんて、それは出来過ぎでおますわ顔、白う塗って……芝居の真似事だっか？」

「まだ筆は仕上がっておらんぞ。なんの用だ」

「新しい材料を持って参じました。今のができあがったらこっちにかかってもらえまっか」

そう言って亀吉は風呂敷を解き、新たな材料を幸助のまえに置いた。幸助は大量の獣毛を見つめ、

「亀吉……これは狸の毛だな」

「へえ」

いまさらなにを言うのか、という顔で亀吉は幸助を見た。

「この毛はだれが持ってきたものだ？」

「えーと、これは近頃うちに出入りしてはる今助はん、ゆう素人猟師の持ち込み分だす」

「どんな顔の男だ」

「へえ……」

亀吉は思い出すような目つきをして、

「のっぺりした顔のひとだすなあ。鼻も低いし、唇も薄い。眉もほとんどおまへん。背ぇも高からず低からず」

「歩き方はどうだ」

「そうそう、ちょっとがに股で歩きはりますわ」

「ふーん、そうか」

「今助はんになんぞおますのか？」

「なんでもない、なんでもない。気にするな」

「今助はんところの品物は、ものがええうえに値がびっくりするほど安いんで、うちの番頭さんもすっかり気に入ってはりますわ」

「狸はどこで捕まえているのだろうな」

「さあ、そこまでは……。今度、きいときまひょか」

「いや、きかなくてもいい。——亀吉、おまえの店は五日後か六日後になにかあったな」

「へへへ、ようご存じだすな」

「ん？　あ、そうそう。だれかに聞いたのだ。なんだったかな」

「筆供養だすがな。馬願寺の筆塚に大坂中の使いふるした筆を集めて坊さんに供養してもらいますのや。日は六日後だすけど、まえの日からお寺の本堂にみんなで泊まって、何万本という筆を太さ、長さをそろえて紐でくくります」

幸助とお福旦那は顔を見合わせた。

「店は総出なのか」

「若旦さんは泊まりはりますけど、旦さんと御寮《ごりょん》さん、若御寮さんと坊《ぼん》と嬢《いと》はん、子守りのおやえちゃん、女子衆《おなごし》のおもよどんはお店に残ります。わてら、本堂で雑魚寝しまんのやが、若旦さんが夜中に、みんなにうどんおごってくれはりますねん。よろしおすやろ？　年にいっぺんのお泊まりやさかい、楽しみで楽しみで……」

「そうか……間違いなさそうだな」

「そやな」

幸助がお福旦那にそう言うと、

「だが、狸の毛を扱っているからといって、『狸』という符丁にするだろうか。狐やら馬やらイタチやらの毛も使っているのだ」

「その店の名はなんというのや」

「『弘法堂』だ。弘法大師空海は三筆のひとりだからな」

「弘法……それでわかったわ。弘法大師は讃岐《さぬき》の生まれや。『みかんか讃岐か』と言うたのを『みかんか狸か』に聞き間違うたのやないやろか」

「それだ！　こんな身近の店だったとはな……」

幸助は亀吉に向き直り、

「――亀吉、今から店に参る。主に取り次いでくれ」

「どういうことやらさっぱりわかりまへん。狸とかみかんとか……なんのことだす？」

「おまえは知らぬほうがいい。――行くぞ」

「えっ？　わて、これからまだ回らなあかん先が……」

「後回しにしろ。大事な用件だ」

「へ、へえ……」

いつにない幸助の押しの強さに亀吉は思わずうなずいた。

◇

大きな筆の形をした木の看板には「筆　弘法堂」と太い字で書かれている。その横に「弘法も筆を選ぶ」という文字と空海らしき僧が筆を選んでいる絵が描かれている。店のまえには亀吉と同い年ぐらいの少女が、背負った赤ん坊をあやしている。しかし、赤ん坊は火がついたように泣き叫んでいる。

「ねんねんよう、おねやれや……あかんわ、今日は坊《ぼん》、ちっとも寝てくれへん。どないしよ」

幸助たちの先頭に立って歩いていた亀吉が少女に駆け寄ると、

「おやえちゃん、坊《ぼん》、泣きやまへんのか？」

「そやねん。もうずっと泣きっぱなし。おむつも替えたし、おなかもすいてへんはずやねんけど……」

亀吉はべろべろばあをしたり、頭をなでなでしたり、歌を歌ったりと必死で赤ん坊のご機嫌を取りはじめた。

「あれはえろう好いとるな」

お福旦那が言うと、幸助も、

「うむ。見ればわかるな」

どうやら亀吉はやえというその女の子が好きらしい。

「おい、亀吉。早く主に取り次いでくれ」

「え？　けど、坊が……」

お福旦那がすたすたと近寄ると、自分の長い耳たぶを赤ん坊に突き出した。赤ん坊は耳たぶをつかんで引っ張った。

「あ、泣きやんだ。あ、笑《わろ》た。あ……寝た」

亀吉は驚きの声をあげた。

「すごいなあ、福の神のおっさん。これから毎日、うちに子守りに来てくれへんか」

やえはお福旦那に頭を下げ、

「おおきに……」

「かまへんかまへん。いつでも言うてや」

亀吉と幸助、お福旦那は店に入った。大勢のものが忙しそうに働いている。

「番頭さん、貧乏神の先生連れてきましたで」

真っ先に店に入った亀吉が大声でそう言うと、

「これ、お店で貧乏神やなんて験《げん》の悪い……」

帳場にいる一番番頭の伊平が亀吉を叱ったあと、

「お珍しい。お久しぶりでおます。いつもええ筆をこしらえていただきましてありがとう存じます。先生の仕事はていねいで早いさかい助かっとります」

ただの職人にすぎない幸助にも腰の低い応対である。

「今日はまたなんのご用事で？」

亀吉が、

「旦さんに会いたいゆうてはりますねん。なあ、おっさん」

幸助は苦笑して、

「まあ、そんなところだ。たいしたことではないのだが、主に直《じか》に伝えたほうがよいと思うてな」

「えーと……そちらのおひとは？」

「俺の友達で、福の神という」

「福の神？」

伊平は怪訝そうな顔をした。無理もない。ちゃらちゃらした格好で顔を白く塗った男がにこにこして立っているのだ。亀吉が身を乗り出し、

「ほんまだっせ。このひとが耳たぶ触らせたら、坊がすぐに泣きやみましたんや」

番頭は一瞬ためらったようだが、

「よろしゅおます。なにかご事情がおますのやろ。本来は店を預かるわてを通してもらうところだすけど、先生やったらかましまへん。――亀吉、奥へ行って旦那に伝えてきなはれ」

「へーい」

亀吉が店の奥へ入っていくのを見送ってから、幸助は言った。

「ところで今日もらった狸の毛だが、なかなか良い品だった。亀吉の話では持ち込みのものだそうだが……」

「へえ、今助はんゆう猟師が持ってきたもんだす。値が安いし、ものがええので旦さんがすっかり気に入ってしまいましてな……」

「どこで狸を捕っているのだろうな」

「たしか……ここだけの話だすけど、青土稲荷の鎮守の森に罠《わな》をかけてる、て聞いたことおます。神さんの森で殺生するのもどうかと思いますけど、まあ、あんまり固いこと言うてもしゃあないさかい……」

そこへ亀吉が戻ってきて、

「旦さん、会うて言うてはりますわ」

「これ、亀吉。そんな行儀をだれが教えた。主がお目にかかるそうでございます、どうぞこちらへ、となぜ言えん」

幸助は笑いながら、

「では、上がらせてもらう」

そう言って雪駄を脱いだ。

◇

「では、御免。くれぐれも今の話は内密にな」

奥の間から店に戻ってきた幸助が、見送りにきた主の森右衛門《もりえもん》にそう言うと、

「へ、へえ。——けど、うまいこといきますやろか」

「細工は流々だ。一応、西町にも知らせておくが、動いてくれるとは思えぬ」

「わかっとります。町方の旦那方はこういうときなにもしてくれん。おのれの店はおのれで守るしかおまへん。先生方だけが頼りでおます」

森右衛門は深々と頭を下げた。

幸助とお福旦那が帰ったあと、森右衛門は奥の部屋に番頭の伊平を呼んだ。伊平は心配そうに、

「旦さん、なにがおましたのや。えろうお顔の色が悪いように思いますけど……」

「悪うもなるわ。とんでもないことになった」

「ま、まさか今のふたりに脅されたとか……」

「そやない。あのおふたりがおらなんだら、きっとうちの店は……」

「ど、どういうことです」

「ええか、伊平、よう聞きなはれ。今から言うことは、あんたとわしの腹にだけ納めとかなあかんで」

それから主が話し出したことを聞いているうちに、伊平の顔色もみるみる悪くなっていった。

「旦さんーっ、どないしまひょーっ」

「こ、これ、大きな声を立てなさんな。丁稚や女中に聞かれたらどうしまんのや」

「け、けど、わて、怖あて怖あて……」

「いつもどおりにしとらな悟られるで」

「わわわわかってま、わわわわ……」

「言葉が小刻みに震えてるやないか。落ち着きなはれ」

「せやかて身体が勝手に震えますねん。言葉かて震えますわいな」

「落ち着け、言うとるのや。伊平、商人《あきんど》というのはこういうときこそしっかりせなあかんのや」

そう言うと森右衛門は煙管《きせる》を取り出し、煙草盆《たばこぼん》に近づけて火をつけようとした。

「あれ？　おかしいな、火がつかんで……」

しばらくすぱすぱやっていたが、しばらくして伊平が、

「旦さん、つかんはずだっせ。吸い口と雁首《がんくび》、逆さまだすわ」

「な、なんや。今くわえてたのは雁首か。道理で苦いと思うたわ」

「旦さんもあわててはりますがな」

「はははは……そやな」

主と番頭は泣き笑いのような顔つきになった。

◇

それから五日後の夜。時刻は草木も眠る丑三つ時である。遠くで犬が吠えている声

が長々と尾を引いて、狼《おおかみ》の遠吠えのように聞こえる。弘法堂の看板が道に黒々とした筆形の影を投げかけ、高坊主が寝転がっているかのようだ。

その影から生えたように、ひとりの男がにょきっとそこに立った。灰色の手ぬぐいで頬かむりをし、黒い装束を着ているが、明かりは手にしていない。

「殺生はしとうないけど、どうしても、というときはやむをえんからな」

そうつぶやいて、男は潜《くぐ》り戸《ど》を叩いた。乾いた音が大坂の町に響く。しばらくすると、

「どなただす」

店のなかから娘の声が応じた。

「馬願寺から来たもんだす。こちらの若旦那が本堂にお泊まりいただいてますのやが、晩に食べたもんのせいか、急に具合が悪うなりましてな……」

「えっ、それはえらいことや。ちょっとお待ちを……」

がちゃがちゃ音がしたあと、潜り戸が開き、手燭を持った少女が顔を出した。やえである。

「夜中にご苦労さんでおます」

男はするりとなかに入ると、後ろ手に潜り戸を閉めた。そのとき奥から目をこすり

ながら出てきたのは丁稚の亀吉だった。厠《かわや》へ起きたところらしい。

「おやえちゃん、こんな夜中にどなたか来はったん？」

「亀吉っとん、このおひと、馬願寺から来はったんやて。若旦さんがご病気らしいねん」

男は亀吉に低い声で、

「丁稚さん、今日はうちの寺に泊まりのはずやないのかいな」

「それでんねや。わて、お泊まりしてうどん食べるの楽しみにしとりましたのに、なんやようわからんけど、番頭さんがおまえは店に帰って旦さんのお世話をせえ、て言い出しはりまして、さっぱりわやだすねん。ほんま、かなわんわあ……」

「それは気の毒やな」

「そうだすやろ。なんでわてだけうどん食べられへんのやろ……」

「そやない。向こうに泊まってたら……すんだのに」

「なんだす？」

「いや、なにもない」

「で、若旦さんの按配《あんばい》は」

「それがやなあ、えらいことなんや。旦さん、いてはるか」

「へえ、奥でお休みだすさかい、今起こして……」

「いや、それには及ばん。わしのほうから行くわ」

「え……？」

「おまえらはここで死んでもらおか」

男が懐に手を入れたとき、

「おい、六四七。今日、用事がある言うとったのはこれのことやったんかいな」

男はぎくりとして声がしたほうを見た。店の奥から現れたのはお福旦那だった。

「な、なんであんたがここに……」

「さあ、なんでやろな」

男が懐中している匕首にそっと手をかけると、土間の隅からべつの声がした。

「娘が病気というのは同情するが、だからといって罪のないひとたちを殺してよいわけがない」

「だ、だれや」

「貧乏神さ」

ぬう、と顔を出したのは幸助だった。刀代わりのつもりか、腰に奉書紙を折り畳んで扇状にしたものを差している。

「しもた。謀《はか》られたか……」

幸助は大声で奥に向かって呼ばわった。

「おおい、お客さんが来ているぞ。危ないから部屋から出るなよ！」

お福旦那が男に、

「あんたの娘には、わたいが薬代を送ってあげる。せやからおとなしゅう自首しなはれ、狐火の泰平さん」

「ちっ……バレてたらしゃあない」

男は頬かむりを取った。その顔はたしかに幇間六四七のものだった。

「刀も持ってない貧乏浪人に金持ちのぼんぼんか。わしも甘《あも》う見られたもんやのう」

泰平が匕首を抜いたとき、

「ききき狐火の泰平、ししし神妙にしろ！」

表から十手を突き出しながらへっぴり腰で入ってきたのは、西町奉行所同心の古畑と手下の白八だった。

「わわわ私はずいぶんまえからききき貴様に目をつけていたのだ。おとなしく縛《ばく》につけ」

幸助が呆《あき》れて、

「俺が、いくら言っても信じないあんたをむりやり引っ張ってきたんだろが」

　泰平は舌打ちして、

「町方か。こいつは参った……」

　そうつぶやくと、そこにいたやえにいきなり飛びかかった。やえは悲鳴を上げた。

　泰平は匕首の先をやえの喉に突きつけ、

「どうせ終《しま》いは三尺高い木のうえや。こうなったら何人殺すのもおんなじこっちゃ。この娘、ぶっ殺されとうなかったら十手と刀をそこに放り出して壁向いて立て」

　古畑は、

「なんで私が盗人ごときに従わねばならんのだ。そんな子守りのひとりやふたり死んでも、私は痛くもかゆくもない」

　そう吐き捨てて進み出そうとしたが、泰平が空中で匕首をひと振りすると、

「ひいっ！」

　と叫んですくみあがり、その場に尻餅を突いた。白八が助け起こしながら、

「旦那……恥かくだけだすさかいやめときなはれ」

「そ、そうだな……」

　古畑はその場に十手と刀を投げ出すと、

「下女だろうがなんだろうがひとの命は尊い。私はあえて、武器を捨てることにした」

「ええ心がけや。あっち向いて両手を上げろ。壁にべっちゃりへばりついて立て。わしが店を出るまで動いたらあかんぞ。――そこのふたりもや」

幸助とお福旦那も仕方なく手を上げて壁を向いた。

「おい、そこの丁稚」

泰平は亀吉に言った。

「へ、へえ、わてだすか?」

「そや。おまえ、こいつらを目隠しして手ぇ縛れ」

「わわわわて、そんなことできまへん」

亀吉はぶるぶる震えながらかぶりを振った。

「やらな、この娘、ぶすっといくぞ」

「やりますやりますうっ! みなさん、えらいすんまへん」

亀吉はへこへこしながら幸助たちを手ぬぐいで目隠しし、後ろ手を荒縄で縛り上げた。

「上手いもんやな」

泰平が言うと、

「店の荷造りで慣れてますさかい……」

「よっしゃ。ほなこの娘は連れて行く。おい、こっち来い」

泰平がやえの手をぐいと引っ張ったとき、

「うわあああっ！」

亀吉が雄叫《おたけ》びを上げながら身体を丸め、猪のように泰平に突進した。

「な、なんや？」

泰平がそちらを見たとき、亀吉の頭突きが泰平の脇腹を直撃した。

「うがっ」

泰平は胃液を吐き、

「このくそガキ！　ぶち殺す！」

匕首で亀吉に斬りつけ、亀吉は土間に転がった。その瞬間、幸助が振り向きざま、奉書紙の大扇で泰平の横面を叩いた。パコーン！　という派手な音がして、泰平は一瞬、なにが起きたのかわからず棒立ちになった。その隙に幸助は泰平に飛びかかって匕首をもぎとり、泰平を押さえ込んだ。

「な、なんでや。縛られてたはずやのに……」

「亀吉はちゃんと、すぐにほどけるように手加減して縛ってくれたのだ。目隠しをされていても、声でおまえの居場所はわかっていた」

「くそったれが……素丁稚にしてやられたか」

やえが亀吉に駆け寄り、

「亀吉っとん、大丈夫？」

「うーん……やられたあっ。もう、あかん……」

亀吉の額《ひたい》には血がにじんでいた。お福旦那が傷を触り、

「肌がちょこっと切れただけのかすり傷や」

「えーっ、かすり傷？　せっかく眉間に傷できたさかい、『三日月丁稚』とか『向こう傷の亀吉』とか名乗ろうと思たのに……」

「唾つけといたらすぐに治るわ」

「ほな、せめておやえちゃんの唾を……」

やえは亀吉の頬をひっぱたき、

「亀吉っとん、気色悪いこと言わんといて！」

古畑同心がこわごわ泰平に近づき、

「あとは私に任せろ。素人は危ないから引っ込んでおれ。――おい、白八」

「へえ？」

「この盗人に縄を打て」

「わいがやりまんのか？」

「当たり前だ。そういう不浄な仕事は武士たるものがすることではない」

「ほんま勝手やねんから……」

ぶつぶつ言いながら白八は泰平に捕り縄をかけた。古畑は満面の笑みを浮かべ、亀吉に言った。

「主にしかと申し伝えよ。この店を狙《ねろ》うていた悪党は西町奉行所定町廻り同心古畑がたしかに捕縛したゆえ安堵《あんど》いたせ、とな。店を盗人から守ったのは、西町の古畑だぞ。私も役目においてしたことゆえなにも恩義に感じることはないが、もしどうしても礼をしたい、と申すならば、その相手は、古畑、ふ・る・は・ただ。間違えるなよ。

——では、これにて御免」

古畑は、泰平を縛った縄の先をつかむと、意気揚々と表に出た。提灯を持った白八があとに続く。

「おい、白八。西町奉行所の大手柄、同心古畑良次郎が大盗賊狐火の泰平を召し捕ったり、と奉行所まで大声で呼ばわって歩け」

「そんな恥ずかしいことよう言いまへんわ」

「なにが恥ずかしい。大手柄ではないか。お頭(町奉行)もきっとお喜びだ」

「そらそうかもしれまへんけど、ほんまの手柄はあの貧乏神……」

「なにを言うか。私はまえまえからこやつに目をつけておったのだ」

「それに、こんな夜中に大声出したら近所迷惑だっせ」

「もういい! おまえが言わぬなら私が言う。——この町内のもの、よく聞けよ! 天下の凶盗狐火の泰平を西町奉行所の敏腕同心古畑良次郎が……」

声は次第に遠ざかっていった。お福旦那が呆れたように、

「ひとの手柄を横取りしといて、よう堂々と胸を張れるもんやな」

幸助は苦笑いして、

「町方同心はあれぐらい図々しくないと務まらんのだろう。——とにかく、よかった。亀吉、お手柄だったな」

「わてなんかなんにも……。ほんまにお手柄やったのはあの同心やのうておっさんやのに……」

亀吉はぷりぷり怒っていたが、

「そや、わてがほんまのことみんなに教えたる!」

そう言うと表に走り出、

「ご町内のみなさん、ひと殺しの盗人を捕まえたのは、ほんまはここにいる貧乏神のおっさんだっせえ！　貧乏神、貧乏神！　貧乏神のおっさんや！　び・ん・ぼ・う・が・み！」

幸助は顔から火の出る思いだった。

◇

古畑は意気揚々と西町奉行所に引き上げた。早速、盗賊吟味役与力によって、泰平は厳しい吟味を受けた。

幸助とお福旦那が思っていたとおり、狐火の泰平は盗賊鬼瓦の信右衛門の手下だったが、信右衛門の隠居とともに独り立ちした。主《おも》に田舎を稼ぎ場としていたが、娘が病気というのを風の便りに聞き、大きな稼ぎができる大坂へ舞い戻ってきた。目をつけた商家に得意の化け技を使って出入りして情報を聞き出すという手口で盗みを重ね、日頃は幇間を隠れ蓑《みの》にしていたが、かつての同僚ゲジゲジのガン太と出くわして、口封じのために殺害したのだ。

ガン太と出会ったのは、毛皮を卸す猟師として弘法堂に入り込んでいたので、そのための狸を捕獲したときだった。ガン太の血の臭いを嗅ぎつけた犬が襲ってきたので、泰平は弘法堂に納品するつもりだった狸の毛とそのとき捕った狸の死骸をその場に放置して逃げた。犬はそのあとガン太の死体を何カ所か嚙んだあと、狸の死骸をくわえてどこかに行ってしまった……それが森で起きたことの真相のようだ。

翌朝、瓦版はどれもこれも「西町奉行所同心の大手柄。弘法堂を狙った押し込みを罠にかけて捕らえる」という快挙を報じていた。だが、生五郎が出した読売だけは、「弱い侍もあつたものぢや。弘法堂に押し入つた盗人におびえて尻餅を突く」という見出しで、匕首を突きつけられた侍がへたり込んでいる絵を載せていた。「侍」としか書いてはいないが、十手を持っていることから町方同心とわかる仕組みだ。

「ほんまに……ほんまに助かりました。肝が縮み上がる思いだしたけど、おかげさまで命拾いしました。葛先生は命の親だす」

弘法堂の主森右衛門は幸助を店に呼び、一番番頭の伊平とともに何度も礼を述べたうえ、少なからぬ金を贈ろうとしたが、幸助はこれを断った。主は首をひねり、

「なんででおます？　あの同心はなんにもしてないのにお奉行さまから褒美をもろたそうでおます。葛先生がただ働きというのはありえんことだす。失礼だすけど、その

日の食事にもお困りのときもあるとか。お金はなんぼあったかて困らしまへん。どうぞお納めしとくなはれ」

「主……たしかに金はいくらあっても困らぬ。だが、俺はいつも好きなように生きたい。天下御免でいたいのだ。俺がここでおまえに金をもらうと、俺はあるものを失ってしまう。そのあるものとは、俺にとってはかけがえのないものなのだ」

主はため息をつき、

「そうだっか。先生らしいお言葉や。――わかりました。もう、お金のことは申しません。ただ、わしが心からありがたく思うとることはわかっとくなはれ」

「そう思うならば、俺に筆作りの仕事をくれればよい。それで十分だ」

主は絶句したあと、

「そ、そりゃもう……先生の筆は書き味もええし、長持ちする、と番頭も言うとりますさかい」

「仕事をして、その代に金をちょうだいする。それでよい。――それと、俺とお福旦那が盗人を捕らえたということは他言無用に頼む」

「え？」

「それも、天下御免のためだ。よろしくな」

「あのお福旦那というお方にもお礼を言いとうおますのやが」

「あいつの住まいは俺も知らんのだ。今度会ったら、そう伝えておくから気にするな」

「くれぐれもよろしゅう伝えとくなはれ」

「では、俺は帰る」

伊平があわてて、

「あ、いや、先生、せめてお昼御膳なと食べて帰っとくなはれ。酒も肴《さかな》ももうじき届きますのや。八百藤《やおふじ》の板前が腕によりかけた料理だすさかいせめてひと箸だけでも……」

「それがなあ、今日の昼は家主のところで食うと約束したのでな、すまんがその料理は家内みんなで食べてくれ」

弘法堂の表に出ると、亀吉と丁稚仲間が言い合いをしていた。

「ほんまやて。ほんまにあのおっさんは強いんや」

鶴吉がせせら笑って、

「嘘つくな。わてはあんたのまえ、ずっとあのおっさんの家に通てたけど、いつもひもじがってるだけやったで」

「ほんまやねん。盗人を捕まえたのもあのおっさんともうひとりの旦那が……」

「わてらが見てない思て、でたらめ言うな」

「ほんまにほんまにほんまやねん。――なあ、おやえちゃん」

赤ん坊を背負ったやえはぷいと横を向き、

「うちの唾で怪我治すようなひとのことは知らん」

鶴吉たちは手を叩いて、

「あははは、こいつ、おやえちゃんに嫌われよった」

泣きべそをかきはじめた亀吉の横を通り抜けようとしたとき、

「あっ、おっさん！　こいつらにおっさんが強い、て言うたってくれ。おっさん……おっさんて、貧乏神のおっさん！　貧乏神！　貧乏！」

幸助は笑いながらその場をあとにした。

いい天気だ。幸助は気持ちよく日暮らし長屋に戻ってきた。すると、留守番を頼んだはずの糊屋のとらが木戸のところに立っていた。

「今戻ってきた」

そう告げるととらは乱杭歯《らんぐいば》を剝き出し、唾を飛ばしながら、

「先生、えらいこっちゃ！」

「先生の留守中にな、花火売りが長屋に入ってきたんやけど、えらい年寄りでな、足もとがおろそかでふらふら、ふらふらしとったんや。わても見ながら、危ないなあ、と思てたら、案の定けつまずいて、花火ごと先生の家に倒れ込んだのや」

嫌な予感しかしない話だが、幸助は先をうながした。

「それで……？」

「カンテキに火種が残ってたとみえて、花火に燃え移ってなあ……」

「そ、それで……？」

「どかーん！　えらい音がしたわ。わてがおそるおそる見に行ったら、天井がのうなってた。あはははは……おもろいやろ」

「面白くない」

大あわてで幸助はおのれの家に駆けつけた。焦げた臭いが充満している。なかに入ると、天井に丸い穴が開いていた。ため息をついた幸助のまえに、老人姿のキチボウシが顔を真っ黒にして立っていた。

「えらいことじゃった。絵が燃えそうになったときは、もう終わりか、と思うたぞよ」

「どうしたのだ」

「おまえが招いた災厄だろうが。──雨が降ったらどうするのだ」

幸助は憮然《ぶぜん》として天井を見上げた。

素丁稚捕物帳

# 妖怪大豆男

大坂の商家では昼に飯を炊く。だから、夜は冷や飯を食い、朝はそのまた残りをお茶漬けか茶粥にして食べる。おかずは、朝は漬け物だけ、昼は味噌汁《みそしる》に野菜の炊き合わせ、もしくは船場汁（塩鯖《しおさば》と大根を入れた汁もの）など一汁一菜、夜は味噌汁に漬け物だけ……というのが普通だった。汁とご飯はおかわり自由なので、育ち盛りの丁稚《でっち》たちは何杯もおかわりし、詰め込めるだけ詰め込む。それでは困る、というので京、大坂は薄味になった、という説もあるほどだ。つまり、味が濃いとご飯が進んでしまうので、それを防ぐというわけである。

もちろんそれでは栄養不足になるので、月に二、三度は昼に魚のおかずがつく日があった。そして、店によっては昼飯と晩飯のあいだにおやつが出た。ふかしたサツマイモなどである。

「朝やで。いつまで寝てるのや。みな、早《は》よ起きなはれや」

番頭伊平《いへい》の声が降ってきた。

「ああ、お腹へったなあ……」

筆屋「弘法堂《こうぼうどう》」の丁稚亀吉《かめきち》は、眠い目をこすりながら起き出した。起きた瞬間から食欲全開である。丁稚たちは寝間から出ると布団を片付け、朝の掃除に取り掛かる。あるものは表を開けて店のまえのゴミを拾い、あるものは庭を掃き清め、あるものは仏壇の仏具を磨く。それがすんだら膳棚から各々《おのおの》自分用の箱膳を出してきて、台所の板の間に並べる。番頭から手代、丁稚……と順番が決まっている。茶碗や箸などは箱のなかに入っており、箱膳の蓋《ふた》をひっくり返せば、それが台になる。朝食のはじまりだ。女子衆《おなごし》のおもよどんが冷や飯をよそい、漬け物の小皿を配っていく。

「うわあ、こらあかん」

亀吉のとなりに座った鶴吉《つるきち》が声を上げた。鶴吉は亀吉と同い年だが、背がひょろりと高く、頭がいい。算盤《そろばん》の腕も亀吉よりずっとうえだ。

「どないしたんや」

「漬けもんや。わたい、どうしても大根の漬けもんだけは食べられへんのや。知ってるやろ?」

「知ってるけど、なんで食べられへんねん。こりこりして美味《おい》しいやないか」

「一夜漬けやったらまだええねんけど、古漬けの大根はなんや変な臭いと苦味があるやろ。あれが苦手でどうしても喉を通らんのや」

「へー、因果な性分やな。わてなんかあの匂いとあの苦味あっての大根やと思うけどな。それやったらわたいが食べたるわ」

亀吉は箸で鶴吉の漬け物をひょいぱくひょいぱく……と平らげた。

「あっー、こら、なにすんねん！」

鶴吉が怒鳴ったので亀吉はきょとんとして、

「なにすんねん、て鶴吉っとんが漬けもん食うてくれ言うたさかい食うてやったんやないか」

「アホ！　わたいが言うたんは大根のことや。だれがナスビの漬けもんまで食うてくれ、て言うたんや！　わてはナスビは大好物や！」

「あ、大根だけかいな。それならそうと言うてくれ」

「言うたわい！　ナスビの漬けもん返せ！」

「無茶言うな。食《く》てしもたもんは返されへん」

亀吉と鶴吉がもめていると、

「こら、そこ！　やかましいで！　ごちゃごちゃしゃべってんと、早よご膳食べてお店へ出なはれ」

番頭の伊平が叱りつけた。

「けど、亀吉っとんがわてのナスビを……」

「ナスビなんかどうでもよろし。いつまでも喧嘩《けんか》してたら昼ご飯抜きやで！」

ふたりはしゅんとして、それからは黙々とお茶漬けを食べた。ほとんどおかずがないのに亀吉は五杯、鶴吉は四杯平らげた。それぐらい食べておかないと身体《からだ》が持たないのだ。丁稚たちは朝早くから夜遅くまでこまねずみのように働かなくてはならないからだ。

「おい、亀吉っとん」

これも同い年だが丁稚のなかでは一番大きい寅吉《とらきち》が言った。腕っぷしも強く、すぐに喧嘩をしたがる。

「なんや、寅吉っとん」

「おまえ、今日、職人さんのとこへ筆の材料配りにいくやろ」

「行くで」

「ほな、御《み》堂《ど》ノ前にも行くやろ」

御堂ノ前とは、西本願寺御堂のすぐ北側にある御堂ノ前町のことで、人形屋が多い。

『芋垣』で焼き芋買うてきてくれ。あそこが一番値が安うて大きいねん」

「まあええけど……」

「今度払うわ。今日は貸しといて」

「なに言うてんねん。寅吉っとんにはこのまえも焼き芋の貸しがあるんやで」

「ふーん、そやったかなあ。まあ、まとめて返すわ」

「信用ならん。いつ返すねん」

「今度や」

「今度ていつや」

「そのうちや」

「あかん。今日は銭もらわんと買いにいかへん」

「なんやと、こいつ。どつくぞ」

「こらっ、なに喧嘩しとんねん！　亀吉、お使いに行きなはれ。寅吉も蔵に毛皮を運びなはれ。早よせんと日が暮れるで！」

「へーい」

「へーい。見てみ、寅吉っとん、あんたのせいで怒られたがな」

亀吉は大量の筆の材料を包んだ大きな風呂敷を背負い、店を出ていった。

こうしててんてこ舞いのうちに昼になる。待ちに待った昼飯だ。昼は飯を炊くので熱々のご飯が食べられる。味噌汁と漬け物のほか、野菜の煮たものや荒布《あらめ》を水で戻して油揚げと甘辛く煮たものが一品だけ供される。

「うわあっ」

今度、声を上げたのは亀吉だった。

「どないかしたか」

鶴吉がにやにやしながら言う。昼の漬け物は大根の古漬けではなかったのだ。

「いや……その……」

亀吉は味噌汁を見つめて固まっている。その顔色は蒼白だ。

「納豆《なっと》汁がどうしたんや」

今日の味噌汁は、納豆をすり鉢で粗くすり、熱い味噌汁とあわせたものだった。

「鶴吉っとん、この臭い、気にならへんか」

「ええ匂いやがな。いつまでも嗅いでいたいわ」

「こんな生ゴミの腐ったみたいな臭いのどこがええ匂いやねん。こんなもん、ひとの食いもんやない。口に入れるのもおぞましいわ。わて、よう食わん」

「ほな、わてがもろたるわ。ついでにこの煮物ももらうで」

鶴吉は、朝の仕返しとばかりに里芋とこんにゃくの含め煮をひょいぱくひょいぱくと食べ出した。

「あ、こら！　里芋はわての好物や！　あんたの里芋、わてにくれ！」

「残念でした。わての分ももう食てしもた。納豆汁ももらうで」

「ああああ……わたいのおかずが……おかずが……」

「こら、そこ！」

堪忍袋の緒が切れた番頭の伊平が、

「納豆はうちの旦さんがお好きやねん。黙って食べなはれ」

「せやけど、わたい、納豆なんか食べられまへん」

「あのなあ、こないだからおまえらは丁稚の分際であれが嫌い、これが嫌いて贅沢《ぜいたく》ばっかり抜かしとる。ええことやないで。なんでもありがたくちょうだいせんかい」

「でも、この辺で納豆なんか食べてる家、聞いたことおまへんで」

「昔は京大坂でも納豆を食うとったらしいのや。こないして納豆汁にしたり、叩き納豆にしてご飯にかけたりしてな。それが、だんだんと食わんようになっていって、売りにも来んようになった。せやから今は納豆食いたきゃおのれの家で作るしかないのや」

「やっぱりまずいさかいや」

「そやない。食わず嫌いがほとんどや。わてもこちらへご奉公にあがってはじめて納豆出されたときは『豆が腐っとる』……と驚いたが、すぐに好きになった。旦さんはもともと江戸の出やさかい、納豆になじみがあるのや」

「けど、ほかになんぼでも食べるもんがあるのに、なんでこないなけったいなもんを食べなあきまへんねん」

「けったいなもん？　何にも知らんのやな。納豆は大豆やで」

「えっ？　煮豆とか昆布豆にする、美味しい美味しい大豆だすか？　ああ、そうか。大豆をうっかり腐らせてしもたのを納豆いう名前つけてごまかして食べさそうという魂胆やな」

「ちがうわい。これはわざとこんな風に作るのや。言うとくけど、枝豆も炒《い》り豆も大豆やで」

「へー……大豆はいろいろと化けますな」

「化けるというやつがあるか。もっと言うと、豆腐もおからもお揚げさんも醬油《しょうゆ》も味噌も大豆からできるのや」

「ほ、ほんまだすか。醬油も味噌も大豆やなんて、大豆はすごすぎまんな」

「すごいやろ。すごいとわかったら、だまって食べなはれ」

「えーっ、豆腐も煮豆も好きやけど、納豆だけは……」

亀吉はもう一度納豆汁に目をやったが、立ちのぼる臭いに顔をそむけ、

「やっぱり無理や。食えんもんは食えまへん。わて、この納豆汁、いりまへんわ」

「あかん。こどものうちから好き嫌い言うとったら、身体がわやになる。納豆汁はな、ものすごく滋養があるのや。親御さんからお預かりしてる店のみんなに健やかで元気でいてもらいたい、という旦さんのお気持ちや。せやさかい御寮《ごりょん》さんが手ずからこしらえてはるのやで。残したりしたら承知せん。全部食べるまで立つことはならん」

「そ、そんな……」

亀吉は泣きべそをかき、しばらく納豆汁とのにらみ合いを続けていたが、

「番頭さん、そろそろお店に出んとあかんのとちがいますか。番頭さんていうたらお店にとっては柱だす。そのおかたがいつまでも台所にいてはっては、お店が回りまへん。さ、どうぞお店へ出とくなはれ」

「いらん気ぃ使わんでええ。今日は店暇やさかい、おまえが食うてしまうまでいつまでも付き合《お》うたる。早よ食え」

「け、けど、なんぼ番頭さんが店暇や、て言うたかて、旦さんが許しまへんわ。番頭

が店におらんと暖簾《のれん》にかかわる。暇やろうが忙しかろうが、番頭というのは帳場にでんと座ってなあかん……というてお叱りになりはるのやおまへんか」

「わてがおらんでも二番番頭の喜助《きすけ》がおる。大事ない」

「もう、ほかの丁稚はみんな店に出てしまいました。わてひとり残って、ここでご膳いただいてるのはつろおます。ああ、働きたいなあ、みんなと一緒に働きたいなあ」

「嘘言いなはれ。隙あればさぼろうとしてるくせに……ごちゃごちゃ言うてんと、早う食べんかいな。ぐっ、と飲んでしもたらしまいや」

亀吉はふたたび納豆汁に目を落とし、

「あのー、番頭さん」

「なんやねん、まだ飲んでないんかいな」

「番頭さんは食べられへんもんておまへんか」

「そやなあ、わてはなんでも食べるほうやけど、酒だけはあかんなあ」

亀吉は鬼の首を取ったとでもいうように、

「ほらっ！　番頭さんかて嫌いなもんおますがな」

「アホか。わてが酒飲めんのは下戸やからや」

「ゲコ？　蛙《かえる》だすか？」

「ちがう。酒を飲むと身体がおかしなるのや。好き嫌いとはちがう」

「でも、お酒の席で、お得意さんがどうしても飲め、わしの言うことが聞けんのか、て言われたらどないしはります」

「うーん……そら困るわな」

「困りまっしゃろ？　困りまっしゃろ？　困りまっしゃろ？」

「そない何遍も言わんでもええ。たしかに飲めんもんを無理やり飲まされるのはわても嫌やが、食べるものを粗末にするのもまたようないことや。――ほな、半分にしといたるわ。納豆汁半分飲みなはれ。わてが残りをちょうだいする」

「は、半分も、だすか」

覚悟を決めた亀吉は納豆汁を半分、鬼のような形相《ぎょうそう》で口に含むと、目を白黒させながら飲み下した。

「やった！　やったあ！　飲んだ、飲んだで！　弘法堂の亀吉が見事、納豆汁を飲み干したり！」

「天下取ったみたいに大げさに言いなはんな。――どや、案外美味《うま》いやろ」

亀吉はぶるぶると顔を左右に激しく振り、

「もう二度と飲みとうおまへん」

「旦さんのお気持ちがわからんやつやな。おもよに言うて、明日から毎日、昼の味噌汁は納豆汁にしてもらお」

「えーっ！」

「さ、ぐずぐずしとらんと店に出なはれ！　おまえのせいでえらい仕事が遅れてしもた」

呆然《ぼうぜん》とする亀吉をよそに、伊平はすたすたと台所を出ていった。

「おい、どないしたんや。なんぞあったんか」

入れ替わりに鶴吉が入ってきた。亀吉は憔悴《しょうすい》しきった顔で、

「地獄や……。明日から昼は毎日納豆汁やて」

「わてはうれしいけどな。ご飯が進むわ」

「あんたかて、毎日大根の古漬けやったら嫌やろ」

「そらそうや。でも、番頭さんがそない言いはるのやったらどうしようもないやないか」

「いや……かならずなんぞ手立てがあるはずや」

亀吉は目をつむってなにやら考えていたが、

「そや！　鶴吉っとん、あんた知ってるか？　豆腐も醬油も味噌も納豆も、みーんな

大豆から作るんやで」

「へえぇ……知らんかったわ。醤油も味噌も大豆なんか。でも、それがどないした」

「ええこと思いついたんや」

「どんな？」

「それは内緒。ふふふふ……ぐふふふふ……」

亀吉はほくそ笑んだ。

◇

午後から亀吉は、ふたたび筆の材料を背負って、職人たちの家を回った。戻ってくると夕方だ。店のまえでは子守り奉公に来ているやえが、背負った赤ん坊をあやしている。赤ん坊は今日も泣き止《や》まない。亀吉は白目を剝《む》き、口に指を突っ込んで左右にひっぱり、

「べろべろばあー」

やえは怖い顔で、

「亀吉っとん、そんな気持ち悪い顔突き出さんといて。坊《ぼん》がよけいに泣くやないの」

「き、気持ち悪い顔……」

亀吉はよろよろと店に入った。

「遅かったやないか。どこで道草食うとったんや」

早速伊平の小言が飛んできた。

「休ましよらんな。——馬やあるまいし、道草なんか食うてまへん」

「ほんまにおまえときたらああ言えばこう言う……口の減らんやつや。なんでもええさかいまっすぐ帰ってきなはれ」

「へーい」

「みな回ってきたか？」

「へえ、このとおりだす」

亀吉は職人とのやりとりを記した帳面と空《から》になった風呂敷を差し出した。

夕方になっても店はまだ忙しい。鶴吉は二番番頭の補佐として算盤を置きながら帳面付けをしている。寅吉は手代たちとともに蔵から商品を運び出し、それを荷造りしている。

「亀吉……亀吉はどこや！」

結界のなかに座っていた伊平が怒鳴った。

「おい、鶴吉……どこぞで亀吉見かけへんかったか」

「さあ、わては存じまへん」

「そうか。ちょっとお使いに行ってもらお、と思たのやがしゃあないな。梅吉はおるか」

「へーい、ここにいてま」

亀吉たちより少し年が下のかわいらしい丁稚がひょこっと顔を出した。

「おお、梅吉、悪いけどな本町の堺屋はんまでこの手紙を届けてもらえんか」

「番頭さん、わて、堺屋さんへ行たことおまへんさかい道がわかりまへん」

「そうか……そやったな。かなんなあ……」

「すんまへん」

「おまえが謝ることはない。——亀吉……亀吉！」

「へーえ——」

「長い返事やなあ。返事は短う『はい』とするのや。——亀吉、堺屋はんまでお使いに行てきまひょ」

「ええっ、こんな遅うから本町まで行たら、帰りは暗うなってしまいますがな。明日ゆうわけにはいきまへんの」

「ドアホ！　用事の日延べする丁稚がどこにおる。すぐに出かけなはれ」

「けど、それやったらご飯に間に合いまへん」

「心配すな。おまえの分はちゃんと一人前置いといたる」

「ほんまだすやろな。帰ってきて『あ、食てしもた、すまん』ゆうのはなしだっせ」

ぶつぶつ言いながら亀吉は急ぎ足で出ていった。

「番頭さん、すんまへん……」

女子衆のおなべが伊平を手招きした。

「なんや？」

「晩ご飯ちょっとだけ遅なってもかましまへんやろか」

「なんでや。飯を焦がしたんか」

「そやおまへん。味噌がないようになってしもて……」

「切れそうになってたらちゃんと買い足しとかんかいな」

「それがそやのうて……味噌樽《だる》ごとないんだす」

「そんなアホな。あんなもん、どっかにいったりするかいな。よう探してみなはれ」

「探しましたんやけど、どこにもおまへんねん。しゃあないさかい御寮さんに言うたら、今晩のご飯に差し障るから、あんたご苦労やけど今からすぐに味噌屋に行って買《こ》うてきなはれ、て……」

「そうか。御寮さんがおっしゃるならそないしてくれ。早幕でな」

「へ、行て参じます」

おなべはあわてて出かけていった。

◇

「番頭さん、ただいま」

「おお、亀吉か。遅かったやないか」

「なに言うてまんねん。これでもめちゃくちゃ急いで帰ってきましたんやで。走ったさかいお腹ぺこぺこだすわ。ご膳食べさしとくなはれ。もう、みんなはとうに食べ終わってまんねやろ？」

「それがまだなんや」

「えっ？　わたいが帰ってくるのを待っててくれましたんか。ありがたいなあ」

「だれがそんなことするかいな。味噌樽がのうなったんでおなべが味噌屋まで買いにいって、それでご膳が遅れたんや。おまえも早よ食べなはれ」

「へーい。けど、味噌樽、どこへ行きましたんやろなあ」

「わからんのや。あんなもん、台所の外に持ち出すわけないし、あちこち探したんやけどなあ……」

「五番蔵は見はりましたか？」

「なんであんなとこに味噌樽があるんや」

「まえに夏のえらい暑いとき、味噌が腐ったらあかん、言うて番頭さんが味噌樽を五番蔵に運ばせたことがおましたやろ？　蔵のなかではいちばん日当たりが悪いさかい涼しいはずや、言うて……」

「ああ、あったあった。おまえ、よう覚えてたな。——たしかに今日は昼間、秋にしてはかなり暑かったけど、わてはそんな指図はしてないで」

「だれぞが気ぃきかして運んだんかもしれまへんで」

「そやなあ。——おい、おなべ、ちょっと五番蔵見てきてくれ。鍵は出しとく」

その日の晩ご飯は、冷や飯に大根と豆腐の味噌汁、それに漬け物だった。亀吉が、

「鶴吉っとん、味噌汁の大根、わたいが食べたろか」

「いらんお世話や。わては古漬けの大根のほかは食えるんや」

「あ、そ。せっかく親切で言うたったのに……」

そのとき、おなべが台所に戻ってきて、

「番頭さん……おましたおました」

「えっ？　あったか！」

伊平はご飯を飲み下しながら立ち上がった。

「へえ……五番蔵の奥の棚に置いてありました」

「だれが持っていったんや」

「さあ、そこまでは……」

伊平はその場を見回して、

「今日、味噌樽を五番蔵に運んだのはだれや」

返事はなかった。

「おかしいな……」

手代のひとりが、

「出入りのもんか、手伝《てった》いのだれかかもしれまへんな」

「そやな……まあ、明日きいてみよか」

それっきりそのことは忘れられた。

◇

翌朝のことである。

女子衆のおもよとおなべ、それにおよしの三人は暗いうちから起き出して、台所で朝餉《あさげ》の支度に取り掛かろうとしていた。おもよとおなべは下《しも》の女子衆、つまり、番頭以下奉公人の世話をする役目であり、およしは上《かみ》の女子衆で、主《あるじ》一家の世話係である。およしは主の森右衛門《もりえもん》以下六人の朝食を調えるわけだが、主人といっても朝は冷や飯を茶漬けで食べるか粥にして食べるのは奉公人と異ならない。ただ、おかずが一品か二品つく程度で、それも塩昆布や梅干などの保存食品である。もっと規模の大きな店になると、丁稚のなかに台所役というのがいて、店での仕事はせず、ひたすら奉公人の食事の支度などを受け持っている場合もあるが、弘法堂程度の店だと女子衆連中だけで十分である。

「あれ、おかしいな……」

おなべが棚のなかを探りながら、

「おもよどん、ここにあった醤油徳利どこにやった?」

「へ？　わて知らんで。およしどんとちがうか」

「わても知りまへん。今日はまだいっぺんも醤油使《つこ》てないから……」

三人は醤油徳利を探し回ったが、影も形もない。

「消えてしもたわ……」

「きのうの晩、ここにちゃんと仕舞わんかったんかな」

「味噌樽の騒動でわちゃついてたさかいなあ……」

「いえ、仕舞うのはわてがしました。きちんとこの棚に……」

「どういうことやねん」

「どういうことや」

「どういうことやのん」

三人は首をひねったが、考えてもどうにもならない。おもよは伊平のところに赴いた。奉公人たちはいまだ白河夜船である。

「すんまへん、番頭さん、起きとくなはれ」

「なんや、もう朝かいな……」

「まだ薄暗いけど、もうじき夜が明けます」

「もうちょっと寝かしといてくれ。頼むわ」

「それがその……またのうなりました」

「えっ？　味噌樽か？」

「今度は醬油だす。台所の棚に仕舞うてあったんだすけど……」

伊平は布団のうえに座ると、

「味噌のつぎは醬油か……。けったいやな」

「そうだっしゃろ。わて、なんや気味悪うて……」

「五番蔵を見てきてみい」

「けど、醬油は腐りまへんで」

「まあ、一応見てこい」

おもよはまもなく戻ってくると、

「おまへんだした」

「うーん……」

「朝飯の分ぐらいは醬油差しに残ってるやろ。奥（主一家）の分はそれでなんとかせえ。そのあと、とにかくもう一度あちこちよう探しなはれ。それでも見つからなんだら、醬油屋に買いにいったらええ」

「へえ、そないします」

「昼は納豆汁か？」

「いえ、お豆腐だす。作り置いてた納豆はきのうでおしまいになりました。御寮さんに、また仕込むさかい、今日、豆買うてきて、て言われとりますさかい、あとで行てきまっさ。――けど、妙な話だすなあ。味噌のつぎは醬油やなんて……このあとはお酢とか梅びしおがのうなるんとちがうやろか」

「あははは……そんなアホな。味噌も結局、出てきたやないか」

「そうだすな。たまたまだすな。醬油もどこかから出てきまっしゃろ」

おもよの顔に明るさが戻った。

◇

「おまえら、醬油徳利知らんか」

朝ご飯を搔《か》き込んでいる丁稚や手代のまえで、伊平は言った。

「台所にあったはずやのにない、言うて女子衆連中が朝から探しとるそうや」

もちろん全員が「知らぬ」と言った。寅吉が、

「番頭さん、五番蔵は見ましたんか。昨日の味噌はそこにおましたんやろ」

「それぐらいのことはわても思いついた。見たけどなかったわ」

手代の丁松《ちょうまつ》が、

「味噌のつぎは醬油だすか。ほな今度は味醂《みりん》か塩がなくなるのやおまへんか」

「気をつけさしとく」

鶴吉が、

「そういうもんばっかり盗む盗人がおりまんのやろか。味噌屋か醬油屋に売りつけよるんかな」

「アホ。多少の醬油盗んだかてなんぼにもならんわ。それに、そういうつもりやったらうちなんぞから盗まんと醬油屋に入ったらええやないか」

一番年下の梅吉が、

「ネズミが引いたんとちがいますか」

伊平は苦笑して、

「醬油徳利はネズミには重すぎるやろ」

「ほな猫か犬」

「うだうだ言うとらんと黙って食べなはれ。食べたらお店に出るのやで。毎度毎度おんなじこと言わしなはんな」

「へーい」

一同は食事に戻った。伊平も醬油をかけていない漬け物で茶漬けを食べていると、亀吉がじっとこちらを見ていることに気づいた。

「なんや、亀吉。言いたいことがあるのか」

「へえ、思いついたことがおますのや。でも、黙って食べんと怒られるさかい……」

「かまへん。言うてみ」

「醬油徳利て油徳利と似てまっしゃろ」

「そやなあ。形も大きさも一緒や」

商家では、行灯《あんどん》や灯明に使う油は、油徳利に保管してあるのが普通だった。そこから油差しなどに注いで使うのだ。

「油徳利はお店の裏の物置きにおますやろ。だれぞが間違えて物置きに醬油徳利を持っていったんとちがいますやろか」

弘法堂では、繊細な筆先に油がついたらたいへんなことになるので、油徳利はすべて物置きにしまうようにしていた。

「うーん……そんなことあるかいなあ……」

半信半疑で伊平は、

「おもよ……おらんのか。ほな、おなべ。――すまんけど裏の物置き見てきてくれ。そや、醤油徳利があるかどうか……」

しばらくすると店の裏側からよく響く大声が聞こえてきた。

「番頭さん！　おましたおましたおましたわ！」

ばたばたとおなべは戻ってきた。

「おまえというやつは……あんなとこで大声出したら、旦さんに丸聞こえやないか」

「そんなことより、ほら……」

おなべは手にぶら下げた醤油徳利を指差した。

「入ってすぐのところに、油徳利と並べて置いてありました」

伊平は眉をひそめて、

「けど、醤油徳利は『池田屋』ゆう醤油屋の名前が入っとるさかい、間違うはずないのやけどな……」

「だれぞがうっかりしたんとちがいますか。だれしもうっかりゆうことはおますさかい。これで醤油買いにいかんですみましたわ」

おなべはにこにこ顔で台所に戻っていった。番頭は、

「亀吉、おまえは隅に置けんな。醤油盗んで醤油屋に売る、とか言うてたやつとはえ

らいちがいや」

　鶴吉が真っ赤になってうつむいた。

「味噌も醬油もおまえが見つけるとはたいしたもんや。旦さんに申し上げてほめていただこ。もしかしたら小遣いもらえるかもしれんで」

「い、いや……それはけっこうだす」

「なんや、いつもやったら大喜びするのに、今日はえらい遠慮するやないか」

「わたいはもともと遠慮深ーい人間だすねん。なくなったもんが出てきたらそれでけっこうだす」

　そう言いながら亀吉は茶漬けを六杯も食べた。

◇

　今日は大坂天満宮からの大量注文の納期だというので、朝のうち丁稚たちはおとなにまじって汗だくで働いた。筆を種類に応じて箱詰めし、荷造りし、べか車に乗せてそれを押す。あっという間に昼になった。伊平が手代、丁稚たちを店先に集め、

「ご苦労さん。まだ仕事は残っとるけど、とりあえず一段落や。昼からもしっかり働

いてもらわなあかんさかい、昼飯にしよか。今日は旦さんのおはからいで、イワシの塩焼きが出るそうや」

皆は歓声を上げげた。紋日でもない普段の日に魚のおかずがつくなどありえないことなのだ。そこへおなべがやってきて、

「まだイワシが焼けてしまへんさかい、もうちょっと待っとくなはれや」

寅吉が、

「待ちます待ちます。お腹が減れば減るほどその分ご飯が美味しゅうなります」

鶴吉がそっと亀吉の耳もとで、

「亀吉っとん、残念やな。せっかくの魚のおかずやなのに、おまえは納豆汁と戦わなあかんのやからな」

「それがやな、今日のお昼は納豆汁とちがうんや。豆腐の味噌汁や」

「え？　昨日、番頭さんが言うてはったやないか、これから毎日、お昼の味噌汁は納豆汁や、て……」

「作り置きしてた分は昨日でなくなったんや。御寮さんがまた一から仕込むさかい、豆を今日、おもよどんが乾物屋に買いにいくのや」

「あんた、なんでそんなこと知っとんねん」

「今朝、おもよどんと番頭さんがしゃべってるのを寝間のなかで聞いとったんや。ああ、しばらくは納豆食べんですむわ。せやから今日は心置きなく魚が食べられる。幸せや……。鶴吉っとんもイワシ嫌いやったらわてが食べたるで」

「だれが食わすかい。昨日のナスビ返せ」

「いつまで言うとんねん」

「けど、納豆なんか三日もあればできるらしいやないか。あんたの幸せも三日で終わりやな」

「それやねん……」

亀吉が深々とため息をついたとき、

「おもよどん、番頭さん！」

おなべが叫びながら廊下の板を踏み割らんばかりの勢いで走ってきた。

「なんや、騒々しい。今朝、小言言うたとこやないか」

「せやかて……豆腐が消えましたんや！」

「な、なんやとお！」

伊平はおなべ以上の大声を上げた。

「昨日の残りを水張った大きな鍋に入れて、水屋に入れてありましたんや。今、汁を火にかけて、そこに入れよと水屋開けたら……」

「なかったんか」

「へえ……」

伊平は頭を抱え、

「味噌のつぎは醬油、そのあとは豆腐と来たか……」

「なんでお酢とか味醂やなかったんだすやろ」

「わからんか。味噌、醬油、豆腐……大豆のもんばっかりやないか」

「あっ」

おなべは口を押さえた。鶴吉が、

「ここまで続くとなんぞおまっせ。やっぱり盗人の仕業やおまへんやろか」

「大豆盗人か。そんな酔狂なやつ、おらんやろ。——亀吉はどない思う?」

「え? わたいだっか」

「そや。味噌と醬油のありかを見事に当てたおまえや。なんぞ思いつかんか」

「そ、そ、そうだんなあ……。ほんまのこと言うたら、昨日から考えてたことがおまんねん」

「なんや」

「これだすわ」

亀吉はふところから一枚の紙を出した。それは、絵草紙かなにかから引きちぎられたもののように思われた。真っ黒で巨大な化けものが大きな口を開け、豆腐屋の店先でおからの桶を横倒しにして、そこからおからを両手ですくってむさぼり食う……という絵が描かれており、見出しは「化けもの図会その拾弐・妖怪大豆男」となっていた。

「妖怪大豆男やと？」

伊平は手に取って読み始めた。

「なになに……？　大豆はそのまま煮て食ふもよし、炒って食ふもよし、味噌、醬油にして使ふも重宝、豆腐やおからにしても美味いものぢやが、近頃、この浪花の地に妖怪大豆男なる物《もの》の怪《け》現れ、醬油屋、味噌屋、豆腐屋、乾物屋などに忍び入り、大豆を使ふたものをことごとく食ふてしまふと言ふぞ。大豆男をひと目でも見たるものはたちどころに五体打ち震え、目眩《くら》み、四肢痺れ、重き病にかかると申す。今は味噌屋や豆腐屋を襲ふてをるがそのうちにわしらの家に出没せぬともかぎらぬ。ご用心ご用心。皆の衆、家の豆を食らはれて一家中病になるよりも、家には豆を置かぬことがまめで過ごすための方便ぞ……か」

最後のところは豆と壮健《まめ》をかけた地口である。その絵の化けものは、「男」というより大トカゲのようでもあり、また、豆腐屋に「忍び入」っているようにも思えなかったが、とにかくこういう妖怪がいるらしい。

「朝、お店の外を掃除しようと思たら落ちてましたんや。盗人が落としていったんかと思て拾てみたら……」

梅吉が泣きながら、

「こんな怖いお化け、お店にいてまんのか？　わて、今晩から夜中におしっこよう行かん」

日ごろは腕力にものを言わす寅吉も青い顔で、

「見たら病気になるんやて。怖ーっ。今日から一日中目ぇつぶって暮らそ」

鶴吉がそんなふたりを嘲笑《あざわら》うように、

「こんな化けもの、おるわけないやろ。ふたりとも頭、大丈夫か」

寅吉が、

「なんやと？　こないして本に載ってるんやぞ。おるかもしれんやないか」

「わては化けもの図会とか物の怪づくしとかこういうしょうもない本は大嫌いや。嘘ばっかり書いてある。こんなしょうもない本に載ってるもんがほんまにおるのやったら、河童《かっぱ》もぬらりひょんも一反木綿も見越し入道も二口女も天井さがりもしょうけらもおることになるやないか」

案外、妖怪に詳しいようだ。すると梅吉が、

「河童はおるで。うちのおじいが言うとった。『河童はおる』て」

「見たわけやないやろ」

「知らん。でも、おじいは『おる』て言うとった」

「河童なんか川獺《かわうそ》とか亀の見間違えや」

「おじいは『おる』て言うとった」

話が変な方向に進みかけたので伊平は、

「とにかく味噌、醬油、豆腐……と大豆を使たもんばかりなくなるときに、大豆男ゆう妖怪のことが載った紙が落ちてた……ゆうのはたまたまとは思えん。店を預かる番頭としてはほうっておけんことや。こんな化けものがおるとは思わんが、用心に越したことはない。みな、気ぃつけえよ」

すると、亀吉が言った。

「そうだすそうだす。用心に越したことはおまへん。せやさかい、味噌も醬油も台所やのうて蔵か物置きに置いたほうがええんとちがいますか。豆腐やおからはしばらく

買わんようにして……あ、そや。御寮さんに言うて、納豆こしらえるのもやめてもろたらどないだす？　用心のために……」

伊平は、

（おや……？）

と思ったが口には出さなかった。おもよが、

「それは無理だすわ。御寮さん、納豆作るの楽しみにしてはるさかい……」

亀吉が、

「お店ご一統のため、ひいては御寮さんのためだっせ。番頭さん、ここは心を鬼にして御寮さんにおっしゃるべきやおまへんか」

「うーん……まあ考えとくわ」

昼飯は熱々のご飯にイワシの塩焼き、漬け物、それに豆腐ではなく大根の味噌汁という献立だった。一同は腹いっぱい食べた。ぱんぱんのお腹をさすりながら亀吉が、

「あー、食べた食べた。腹の皮がつっぱると目の皮がたるむ、ゆうけどなんか眠うなってきたなあ。このまま寝られたら幸せやねんけどなあ……」

伊平が、

「アホ！　昼からもぎょうさん仕事あるのや。とっととお膳片付けて、お店へ行きな

はれ！」

午後からも店はてんてこ舞いだった。夕方、ようやく一日の仕事の目途《めど》がつきそうになったころ、外出していたおもよが戻ってきた。亀吉が、

「おもよどん、まさか豆買うてきたんとちがうやろな」

「買うてきましたで。御寮さんの言いつけやさかいわての一存で勝手にやめられんやろ」

「その豆、どないするん？」

「今晩ひと晩水に浸《つ》けといて、明日茹《ゆ》でるのや。そのあと冷ましてから、二日ぐらいで納豆になるわ」

亀吉は低い声でゆっくりと、

「ふーん……なにごともなかったらええけどなあ……」

「亀吉っとん、そんな怖い言い方やめてんか」

「薄暗がりとか歩くときは気ぃつけやあ。どこから大豆男が出てくるかわからんさかいなあ」

「ひーっ、やめてんか」

おもよは耳を塞《ふさ》ぎながら台所へ走りこんだ。そのやりとりを伊平はじっと聞いてい

た。

◇

晩ご飯は、冷や飯に名残《なご》りの瓜《うり》の漬け物、そして、豆腐の味噌汁だった。豆腐を見つけたのはおもよである。晩飯の支度をしようとおもよが水屋を開けると、そこにあったのだそうだ。二番番頭の喜助が、

「ほんまはずっとそこにあったのを見落としてたんとちがうか」

と言ったが、おもよもおなべもおよしも首を横に振り、

「そんなことおまへん」

と言い切った。

「けど、豆腐なんかだれが持っていって、また水屋に戻したんや。そんなことしてだれも得……」

喜助はそこまで言って、ぞっとしたような顔つきになり、

「まさか……妖怪大豆男……」

亀吉が、

「間違いおまへん！　大豆男はいてるんや！」

梅吉が、

「怖いーっ、おしっこ行けんーっ」

寅吉が、

「よっしゃ、こうなったら覚悟決めた。もし大豆男が出たらわてがぶん殴ったる！」

亀吉が、

「相手は妖怪やで。殴ったぐらいではあかんやろ」

「それやったら豆をぶつけたる！」

「それは節分の鬼やがな」

鶴吉が、

「せやからそんな妖怪とか物の怪とかおらん、て言うてるやろ。大豆男がおるんやったら、磯女も野寺坊も小豆洗《あずきあら》いも油すましも目々連《もくもくれん》も……」

梅吉が、

「河童はおるで。おじいが言うてた」

それぞれ口々に勝手なことを言い出したので、伊平が怒鳴った。

「ええ加減にしなはれ！　旦さんや御寮さんの耳に入ったらどないする気や。当分、大豆男のことを口にすることならんで。ええな。――喜助どん、あんた、二番番頭やないか。それを丁稚と一緒になってわあわあと騒ぎ立てるやなんて……もっとしっかりしてもらわんと」

「す、すんまへん……」

喜助はしゅんとして下を向いた。それから皆は黙ったまま夕食を済ませた。

◇

つぎの日の深夜である。亀吉は寝床をそっと抜け出そうとした。すると、

「亀吉っとん、亀吉っとん……」

暗いなかから呼ぶ声がする。ぎょっとして目をこらすと、梅吉だ。

「亀吉っとん、お手水《ちょうず》行くのやろ。わても一緒に行ってええか？　大豆男が怖いねん」

亀吉はため息をつき、

「まあ……かまへんけど、静かにしいや。ほかのもん起こしたらあかんさかい」

「うん」

奉公人のための厠《かわや》は、店の中庭にある。廊下をつたっては行けず、下駄をはいて、一旦《いったん》庭に降りる必要がある。

「亀吉っとんが起きてくれてよかったわ。だれか起きへんやろか、て半刻ぐらいずっと我慢して待ってたんや。もうちょっとでおしっこちびるとこ……」

「静かにしい、て言うたやろ」

「ごめん」

ふたりは交代で小用を済ませた。

「うわあ、今夜はええお月さんが出てるなあ」

梅吉が空を見上げてそう言った。たしかに月明かりがまぶしいほどである。

「ほんまやなあ……」

ふたりはふたたび店に入ると、寝間へ戻ってきた。

「亀吉っとんのおかげで助かったわ。ほな、おやすみ」

「おやすみ」

亀吉は布団に入った。そして、しばらくじっと梅吉の様子をうかがっていた。

(どうやら寝たらしいな……)

亀吉はまたもぞもぞと布団から這《は》い出した。抜き足差し足で寝所から出ていこうと

すると、

「亀吉っとん、どないしたん？　おしっこ、また行くん？」

また梅吉である。

「今度は大きいほうや。あんたは寝とき！」

つい声が大きくなる。

「わかった。おやすみー」

「おやすみー」

亀吉は廊下に出ると、台所へ向かった。壁に手を当て、暗闇のなかをなるべく足音を立てないようにゆっくりゆっくり歩く。しかし、どうしても板がぎしぎしときしむのでそのたびに立ち止まる。やっと台所にたどりつき、戸を開け、なかに滑り込む。格子窓から月明かりが差し込んでおり、かすかにものが見える程度の明るさはある。

（よかった……これやったら明かりなしでも大丈夫や）

亀吉はあたりを見回す。それらしいものはない。作りつけの戸棚を開き、目を凝らす。

（あった……！）

手桶に大量の煮豆が入っている。取り出そうとしたが、その手前にある鉢が邪魔になる。こういうときは焦ってはならない。一度、黄色い粉の入った鉢を出して下に置く。そして、両手で桶を少しずつまえに出す。ひっくり返したり、豆を床にこぼしてはなんにもならない。慎重に、慎重に……。やっと手桶を床に置くことができた。鉢をもとに戻し、戸を閉めると、亀吉は手桶の取っ手をつかんで持ち上げようとした。かなり重い。しかし、亀吉の顔には「やり遂《と》げた」という満足気な笑みが浮かんでいた。

（よっこらしょ……よっこらしょ……）

と頭のなかで言いながら、亀吉は台所から姿を消した。

◇

「なんやて？　納豆の豆がのうなった？」

伊平は頓狂《とんきょう》な声を上げた。おもよが悄然《しょうぜん》として、

「へえ……今、朝ご膳の支度しようと台所へ行って、戸棚を見たらおまへんのや」

まだ夜は明けきっていない。奉公人たちは寝間のなかだ。伊平はいつもより早起きして二階の自室から降りてきたところをおもよに呼び止められたのだ。

「そうか……。で、ほかにのうなったもんはないか」

「へえ、煮豆だけだす」

「わかった」

伊平は奉公人たちの寝所に入ると、

「朝やで！　いつまで寝とるんや！　早よ起きなはれや！」

皆は眠い目をこすりながら、

「番頭さん、まだ暗いやおまへんか。もうちょっと寝かしとくなはれ」

鶴吉が鶴のように口を尖《とが》らせた。伊平は一同を見渡し、

「納豆の豆がのうなったんや」

「えーっ！」

皆は思わず布団から出て、立ち上がった。寅吉が、

「だ、だ、大豆男の仕業や……」

さすがの鶴吉も、

「大豆男……ほんまにおるんかな……」

梅吉ががくがく震えながら、

「夜中におしっこ行ったときに出くわさんでよかった……」

伊平が、

「ほう、梅吉、えらいやないか。こんなときにひとりでお手水行けたんか」

「そんなおとろしいことでけまへん。亀吉っとんがちょうどおしっこに起きたさかい、一緒に行きましたんや。けど、亀吉っとんはそのあと、ひとりで大きいほうもしにいきましたけどな。亀吉っとん、お腹治った？」

亀吉は梅吉の頭を平手ではたいて、

「いらんこと言わんでええ」

伊平が、

「亀吉……ちょっとおまえの手ぇ見せてみぃ」

「手？　なんでだす？」

そう言いながら自分の手を見た亀吉の口から叫びが漏れた。

「うひゃっ、な、なんやこれ……」

手のひらは真っ黒だった。のぞきこんだ梅吉が、

「墨がどこかでついたんやなあ。亀吉っとん、大きいほうしたあと手ぇ洗わんかったん？」

伊平は、

「つまり、ほんまは厠へ行ったんやない、ということやな、亀吉」

「ななななんのことだすか」

「おまえが大豆男やな」

梅吉が、亀吉の横から飛び離れ、

「えーっ、亀吉っとん、妖怪やったんか!」

伊平はかぶりを振り、

「そやない。こないだからの大豆盗人はみな亀吉がやったんや。人間の仕業やろとはずっと思てたのやが、さっきおもよの話を聞いて、間違いないな、と思た。ほんまに大豆ばっかり食う妖怪がおるんやったら、きな粉も盗《と》るはずやろ」

「きな粉? きな粉も大豆から作りまんの?」

「そや。きな粉は大豆を炒って、粉にしたもんや。目立つように、煮豆のまえに置いといたのになあ」

「ほな、あれはわざと番頭さんが……」

「そういうこっちゃ」

ほかの奉公人たちの視線が亀吉に集中した。伊平は、

「手桶の取っ手の裏側に墨を塗っといたんや。暗いさかい気づかんやろと思てたが、

きっちり計略にかかりよった」

「ううう……謀《はか》られた！」

「豆はどこに隠したんや」

亀吉は肩を落とし、

「お手水のうえの棚だす。あそこやったらだれにも見つからんと思て……」

伊平は呆《あき》れ顔になり、

「そもそもおまえが拾た、ちゅうあの化けもの図会やけどな、絵草紙からちぎれた、ゆう体《てい》にしてあったけど、あとでよう見たら刷りもんやのうて手で描いたもんやないか。だれに描いてもろたんや」

「そ、それは……」

亀吉は下を向き、

「それは言えまへん」

「そうか。まあ、たいがいわかるけどな」

丁稚たちは口々に、

「亀吉っとん、ひどいやないか」

「あんたのせいで怖い夢見たがな」

「丁稚仲間はぶいたろか」

「わてが一発殴ったる」

伊平は、

「まあ、待て。亀吉がやったことはええことやないが、せやからと言うて仲間はずれにしたり叩いたりするのはもっとあかん。おまえらもいたずらすることあるやろ。亀吉は、どうしても納豆を食べるのが嫌やった。それを毎日食べさせられる、となって、こどもながらに知恵を出そうとしたのや。それがよりによって妖怪大豆男やなんて、なかなか面白いやないか」

鶴吉が笑って、

「そやなあ。亀吉っとんらしいわ。わても最後は信じかけてしもた」

寅吉も、

「何日か、このことではらはらどきどきさせてもろたし、まあ許したろか」

梅吉も、

「わてのおしっこについてきてくれたさかい、許したげます」

亀吉はその場に両手を突いて、

「すんまへん……すんまへん、皆さん。もう二度としまへんさかい許しとくなはれ」

涙ながらに謝ると、ほかの丁稚や手代たちも堪忍してくれた。伊平が腕を組んで、

「亀吉、おまえはそれほど納豆が嫌いか」

「へえ……旦さんや御寮さんのお気持ちゃとはわかっとりまんのやが、どうしても喉を通りまへん」

「そうか……食わず嫌いはともかく、そこまで嫌なもんを無理に食わそうとしたわても悪かった。これからは、納豆汁のときはおまえだけ実のない空汁にしてもろたる」

「おおきに！　番頭さん、好き！」

抱きついてきた亀吉を突き飛ばして、

「けどな、亀吉、おまえもいかんで。豆腐や煮た豆をあちこち持ち歩いたら埃《ほこり》が入ったり、汚れたりするやろ。ましてや厠に入れとくやなんてババちいやないか。それに、納豆ゆうのは煮豆を藁苞《わらづと》で包んで置いとくと勝手にあんな風に糸を引くようになるのやが、置き場所が変わったりすると変な具合になってうまいことといかんらしい」

「すんまへん……」

「あとで、女子衆連中によう謝っときなはれ。食べものをおもちゃにするのはいかんことやで」

「へえ……」

「わかったな。もうするのやないで。もし、こんなことが旦さんの耳に入ってみい。おまえ、店、クビになるかもしれんのやで」

「わかっとりま」

「おのれがしでかしたことを省みて、これからどないしたらええか、よう考えなはれ。それで、どないしたらええかわかったら、わてに言いにきなはれ。わかったな」

「へ……考えま」

伊平は皆を見渡し、

「ほな、この件はこれでおしまいや。さあ、布団片付けなはれや」

一同は忙しそうに働きはじめた。しかし、亀吉はひとり、じっと正座したまま目をつむっている。泣いているようにも見える。

（ちょっと言い過ぎたかいなあ。けど、あれぐらいは言うとかんとな……）

伊平はしばらく亀吉の様子を見ていたが、そのまま部屋を出た。朝食のあいだも、亀吉はなにやら考え込んでいる風であまり箸も動いていなかったが、そのうち、

「あ、そうか！」

とつぶやいたかと思うと、猛然と茶漬けをおかわりしはじめたので、伊平は安堵《あんど》した。

そして、伊平が帳場で帳合いをしていると、亀吉がやってきた。

「番頭さん、今よろしおますか？」

「ああ、かまへんで。――なんや」

「思いつきましたんや」

「なにを？」

「ほら、さっき言うてはりましたがな、これからどないしたらええか考えろ、て」

「ああ、たしかに言うた。で、どうすることにしたんや」

「わては、丁稚同心を目指します」

「――はあ？」

「わてだけやおまへん。鶴吉っとん、梅吉っとん、おやえどんも仲間に入ってくれることになりました。わてら四人で、町奉行所でも調べのつかん事件を見事に解き明かしてみせます。たとえば今度みたいな大豆盗人事件があっても、わてら四人の知恵と力を集めたらたちまち片付きまっさ」

「いや、わてが言うたのはそういうことやのうて……」

「名前はなにがええやろか。『丁稚同心隊』……いや、『丁稚同心一座』、一座はおかしいな」

「せやからわてが言うたのは、おまえがこれからきちんとやな……」

「せや！　『丁稚同心組』にしますわ。語呂もええし、かっこええ。みんなに言うてきます。ああ、腕が鳴るなあ」

駆け出していく亀吉の後ろ姿を見て、伊平はため息をついた。ひとを使うは苦を使う、という言葉を嚙《か》み締める伊平だった。

# 第二話

# 天狗の鼻を折ってやれ

# 1

葛幸助《かっこうすけ》は長屋のかみさん連中に混じり、井戸端で洗濯をしていた。独り者はなんでも自分でやらねばならない。だが、幸助にとって、家事万端はまるで苦ではなかった。むしろ楽しい。なにも考えずに黙々と作業する、というのが性にあっているのかもしれない。絵を描くほうがつらい。瓦版用の走り描きならともかく、きちんとした絵を描くのは心身を消耗する。しかも、売れないし、見たものからは酷評される。ろくなことはない。だから描かないのだ。

「かっこん先生、上手やわあ」

盥《たらい》に灰汁《あく》を入れ、衣類を揉《も》んでいると、紙屑屋《かみくずや》の女房が言った。

「そうかな……」

「しつこい汚れが落ちて、きれいに仕上がってる。男の力やないと、こうはいかんわ。──なあ、みんなそう思わん？」

赤ん坊を背負った若い女が、

「うわあ、ほんまや。かっこん先生、洗濯の名人やな。赤ん坊のおしめの、ここんとこの黄ばみがなかなか取れへんのやけど、ちょっとお手本見せてくれへん？」

「貸してみろ」

幸助が力を込めて洗うと、おしめはきれいになった。

「先生、おおきに！　亭主のふんどしもお願いしてもええやろか」

「そんなばっちいもん、先生に頼んだら失礼や。あてのこれ、お願いするわ」

「それ、あんたの腰巻やがな。ふんどしよりそっちのほうが汚いやろ。あてが先、あてが先」

「あんた、なにをアホなこと言うてんの。つぎはあての番やがな」

「ちがうちがう、あてこそさっきから手ぇあげてたんや。なあ、先生」
四、五人が喧嘩《けんか》をはじめそうになったが、ひとりがいかにも名案を思いついた、という顔つきで、

「ほな、先生のまえに年の順に並ぼか。洗濯ものはひとり三枚までや。さあ、まずはおくまはん。つぎはおとめはん……」

と皆を仕切りだした。呆《あき》れながらも幸助は、ひどく汚れている下着にかぎってていねいに洗ってやった。これはこれで楽しい。しかし、洗濯も掃除もめったにしないし、金も米もないから炊事も十日に一度ぐらいだ。だから、洗いものもないのが道理だ。洗濯も、こうしてたまにするから楽しいのであって、かみさん連中のように毎日だったとしたらすぐに飽《あ》きてしまうだろう。

（つまりはめんどくさがり、ということか……）

洗濯を終えた幸助は盥と洗濯ものを抱《かか》え、家に戻ってきた。一歩なかに入った途端、

「どこに行っておったのじゃ！　早う帰ってこぬか！」

小さい老人が足もとに走り込んできた。キチボウシである。普段はあまり戸口のあたりまでは出てこないのが、今日は外に走り出しそうな勢いだ。

「なにかあったのか」

「あったもなにも……よう見てみよ！」

キチボウシは上を向いた。その視線をたどって、幸助はあっと驚いた。天井の小梁《こばり》に帯のようなものが掛けられ、そこから肥えた男がひとりぶら下がっていた。首吊り

である。

「うわあっ……！」

幸助があわてて男の腰のあたりを抱きかかえ、持ち上げようとした瞬間、バリバリバリッ……という音とともに天井が抜け、幸助は男を抱いたままその場にぶっ倒れた。

先日、花火売りがカンテキのうえに倒れ込んだせいで、屋根が燃え、大きな穴が開いた。そのときに梁も黒く焦《こ》げたのだが、そのままほったらかしにしてあったのだ。おそらく焦げた梁は男の体重を支えきれなかったとみえる。

「うう……ううう……」

男は苦しげにうめいている。

「お、おい、生きてるぞ」

男の身体《からだ》の下から這《は》い出した幸助の言葉に厄病神は、

「そのようじゃな。――我輩が昼寝をしておると、この天狗が急に入ってきて、小梁に帯を掛けよった」

「天狗、だと……？」

今までは下から見上げていたのでわからなかったが、男は顔に赤い天狗の面をかぶっていた。

「我輩には如何《いかん》ともできぬし、おのしを呼びにいくわけにもいかん。おろおろするばかりであったが、なんにせよ、まあ、よかったよかった」

「なにがよかったよかっただ。おまえが呼び込んだ災難だろう。——また、天井に穴が開いてしまった。今度は梁も折れた。見つかったら藤兵衛《とうべえ》にどやされるぞ」

「天井に穴、てなんのことだす」

家主の藤兵衛が入ってきた。キチボウシはポン！　とネズミのような小動物の姿に変じると、隅のほうに逃げていった。藤兵衛は天井を見上げ、

「到来ものの饅頭《まんじゅう》をおすそわけに来たらこの始末や。これはいったいどういうことだす？」

「俺にもわからん。今帰ってきたばかりでな……とにかく命はあるようだ」

「先生の知り合いだすか」

「さあ……天狗に知り合いはおらぬ」

幸助は面を外した。下から現れた顔は、まるで見覚えのないものだった。町人で、年は三十五歳ぐらいだろうか。おそらくどこかの商家の番頭か手代だろう。着ているものもきちんとしていて、羽織も上等である。首にかかっていた帯も金がかかっている。この長屋ではついぞ見かけぬ身なりである。眉毛が太く、まつげが長く、顎が細

い。男まえといっていい顔立ちだが、鼻がやや低い。

「おい……あんた……しっかりしろ」

幸助が男の頰をぺしぺし叩くと、

「うう……ううう……」

男はうっすら目を開け、

「ここは……どこや。あの世か。極楽か地獄か……ああ、やっぱり地獄に来てしもた。

閻魔《えんま》はん、こんにちは」

幸助は目を吊り上げ、

「だれが閻魔だ。俺は人間だ」

「ほな、わては生きてるのか」

「そうだ。だが、うちの天井が壊れなかったら死ぬところだったのだぞ」

男は、わっと泣き出した。

「わては死にたいんや。死ななあかんのや」

幸助がなにか言うよりさきに、藤兵衛が怒鳴りつけた。

「あほかいな！　生きてたいのに死ななあかんものも大勢おるなかで、死にたいとはどういうこっちゃ！」

「そんなこと知るかいな。とにかくわては死にたいんや。死ぬんや」

　男は叫ぶように言うと下を向いた。膝《ひざ》に置いた拳《こぶし》が震《ふる》えている。幸助と藤兵衛は顔を見合わせた。

「よかったらその死にたいというわけを話してみぬか。もしかしたら我らが力になれるかもしれぬ」

　男は幸助の顔や着ているものなどをじろじろ見ると、

「あかんわ」

「なに……？」

「あんたらではとうていわてを助けることはでけん、と言うとるのや」

「そんなことはわからぬぞ」

「いや、わかる。わからいでか。わてを助けるには金がいる。失礼ながらあんたら、金持ってないやろ」

「うむ、それは請け合う」

「ほら、やっぱりあかんがな。金ないんやったら口出さんとほっといて。気持ちよう死なせてんか」

　さすがに幸助の顔に朱がそそがれた。

「おい、おまえ……」

幸助は男をにらみすえ、

「さっきから聞いておると勝手なことばかりほざいているが、こんなボロ家でもここは俺の家だ。そこに断りもなしに入り込んで、天井を壊しておいて、なにが『ほっといて』だ。死ぬのなら、天井を繕《つくろ》う金を払ってから死ね」

男は、幸助が突然怒気を示したので一瞬たじろいだが、

「言うたやろ。その金や。金がないから死ななあかんのや！」

幸助はため息をつき、

「金、金、金か。おまえは見かけからしてかなりよい暮らしをしていたようだな。それが、急に金がなくなって、死なねばならぬ、と思い詰めたのだろう。世の中は広いぞ。上を見ればきりがないが、下を見てもきりがない。俺を含めてこの長屋の連中は、こんなオンボロの朽《く》ち果てたような家に住み、その日暮らしをしているが、それでもなんとか生きている。おまえも考えを切り替えたらどうだ。金がなくても、それなりに楽しく日々を送れるものだぞ」

男の両眼からぼろぼろっと大粒の涙がこぼれ落ちた。

「金がなくても楽しく、やと？　なんにもわかっとらん貧乏浪人が気軽に金のことを

口にすな。わては……もうあかんのや。わては、あんたらよりも下の下や。そういうことをしでかしてしもたんや。せやからもう死ぬしかないのや」

そう言うと、目のまえにあった筆の軸になる細竹をつかみ、喉に突き刺そうとした。

「馬鹿め！」

幸助が手刀でそれを叩き落とすと、男は顔を両手で覆って泣きじゃくりはじめた。

家主の藤兵衛が幸助に、

「先生、この男、今は頭に血がのぼってしもとるさかい、だれの言葉も耳に入らんやろ。酒でも飲まして気を鎮《しず》めさせたほうがええと思うのや。なんぼかおまへんか」

「ないなあ。三日ほどまえにすっくり飲んでしまった」

「ほな、家から持ってきまっさ。そのあいだ、この男をしっかり見張っといとくなはれや」

「わかった」

「それと……ここは先生の家やのうてわしの持ちもんだっせ。オンボロだの朽ち果てただの言わんといとくなはれ」

「ははは……だが、嘘は言うておらぬ。オンボロで朽ち果てている。このまえの屋根の穴も、雨が降ると困るから修繕してくれと言うたら、無理だと申したであろう」

ら倒れるぞ」

「金がないから直せぬと申したであろう。しかたないので商売ものの紙を何枚か張り合わせて塞《ふさ》いであったのだが、梁も折れたし、もう『家』とは言えぬな。風が吹いたら倒れるぞ」

「かなんなあ……」

藤兵衛は急ぎ足で出ていった。男は壁に向かってうなだれ、黙りこくっている。小動物に変じていたキチボウシが、

「きちきちっ」

と鳴いて幸助の着物のすそを口で引っ張った。話があるらしい。幸助が土間の隅に行くと、キチボウシは小さな老人の姿に戻り、男に聞こえないよう小声で、

「あの男には、くびれ鬼が憑《つ》いておるぞよ」

「くびれ鬼？」

「縊鬼《いき》とも言う。こやつに憑かれると、死にたい死にたいと思いつめてしまうのじゃ。気をつけぬとまたぞろやらかしかねぬ」

「そういう物《もの》の怪《け》がいるのか」

「そうではない。この世に物の怪などおらぬ。ひとの心のありかたを鬼にたとえて申

しておるのじゃ」

「ふん、厄病神のおまえが言うとアホくさく聞こえるな」

「フヒハヒハ……我輩とて、おまえの心が作り出した幻かもしれぬぞ」

幸助はキチボウシの頭を軽く叩き、

「幻が酒を飲んだり、スルメを食うたりするものか。——で、どうすればその縊鬼は離れるのだ」

「死から気をそらすのじゃ。家主の藤兵衛が言うたように、酒を飲ますのも良き思案かもしれぬ。余ったら我輩にくりゃれ」

そう言ってキチボウシが舌なめずりをしたとき、

「先生、おまたせしました」

藤兵衛が一升徳利を提《さ》げて戻ってきた。キチボウシは間一髪、絵のなかに飛び込んだ。

「今、なんや小さいもんがこの絵のほうに飛んだように見えましたけど……」

藤兵衛は目をこすりながら壁に掛けられた絵を見つめた。

「気のせいだろう。——おい、おまえ」

奥の壁に向かって座り込んでいる男に幸助は声をかけた。

「家主が酒を持ってきてくれた。一杯飲んで気をほぐさぬか」

男は陰気な顔をこちらに向けた。幸助が湯呑みに酒を注《つ》ぎ、差し出すと、男はかぶりを振った。

「どうした。酒が飲めぬたちか」

「いや……酒は好きや」

「ならば飲むがよい。酒は心の憂《う》さを晴らすぞ。飲みすぎはいかぬが、適量ならば百薬の長となる。医者では治せぬ病をも治してくれる。なにより美味《うま》い。しかも、この酒は家主の差し入れ……つまりタダだ。飲まぬ法があるか」

男はじっと湯呑みのなかの液体を凝視していたが、やがて両手を突き出し、湯呑みを受け取った。手が小刻みに震えている。なおもしばらく酒をにらむように見つめたあげく、口を寄せていき、ちゅっ、と啜《すす》った。その瞬間、男の目にほんの少し生気が戻った。男は残りの酒を一気に飲み干した。

「ほほう、いい飲みっぷりだ。もう一杯いけ」

男は無言のまま、空《から》の湯呑みを差し出した。幸助が酒を注ぐと、押しいただくようにしてこれもひと息で飲み干し、

「美味い……」

ぼそり、とそうつぶやいた。藤兵衛は首をかしげ、

「美味いかなあ。安もんの焼酎やけど……」

男はみずから徳利に手を伸ばして三杯目を注ぎ、口をつけようとした。幸助が、

「どうだ。人心地がついたか」

幸助の問いに男はとろんとした目を向けると、

「へえ……おかげさんで……」

「まだ死にたいか」

「へ……？」

男は、その言葉の意味をはかりかねているようだった。幸助が天井を指差すと、折れた梁を見上げた。途端、男の顔が蒼白になり、

「うわあっ！」

と声を上げ、手を大きく左右に振りはじめた。身体ががくがく震えている。

「死にたいことおまへん。生きとおます」

「今しがたまで死にたい死にたいとごねておったではないか」

「へえ……生きていとおますのやが、死ななあかんのだす」

「生きていたいならば、そうすればよいだけの話だ。おまえはもう二度も死にそこな

った。これは天がまだおまえの命を取ろうとしておらぬ証拠だ。そういうときはいくら死のうとしても死ねぬものだ。ならば腹をくって、生きるすべを探してみよ」

男はすがるような目を幸助に向けた。

「そうしてみます。どこのおかたかは存じまへんが、話だけでも聞いとくなはれ」

幸助は、

（くびれ鬼は離れたようだな……）

と思った。

「どんなことをしでかしたかは知らぬが、三人寄れば文殊《もんじゅ》の知恵と申す。なにか良き思案が見つからぬともかぎらぬぞ」

男は三杯目の酒を喉に流し込むと、意を決したように座りなおし、

「ほな、わての申しますことひととおり、お聞きなされてくださりませ」

そう言って話し出した。

◇

男の名は次兵衛《つぎへえ》。なんと天満《てんま》に店を構える「山崎屋《やまざきや》」の一番番頭だった。

「山崎屋といえば大坂でも指折りの茶問屋やがな。一斤何両もする高い茶葉も扱《あつこ》うと聞いてるで」

藤兵衛が言った。

「へえ、たしかにうちは大坂の名高い茶人のお宅にも出入りさせてもろとります」

「そんな大店《おおだな》の一番番頭さんがなんでまた……」

「色に迷うたんだす」

「はあ……？」

幸助と藤兵衛は顔を見合わせた。

「わては、十歳のときに山崎屋に奉公に上がりまして、ふた親を早《はよ》うに失《な》くしたもんだすさかい、真面目にひたすら働きました。丁稚《でっち》連中が遊びに行こう、買い食いしよう、と誘うてきても断り、朝はだれよりも早起きして、夜は読み書きそろばんのおさらい……と一生懸命に勤めました。その甲斐あって一緒に入った丁稚のなかでは一番に手代《てだい》になれました。手代ゆうたらそろそろ色気づくときで、どや、ええとこ連れてったろか、とかいろいろ誘われましたが、これもみな断りまして、堅いやっちゃ、面白みのないやっちゃ、話せんやっちゃ……と陰口を言われながらも、ええ年になるまで茶問屋のくせに茶屋遊びも知らず、ひたすら商《あきな》いに打ち込んでまいりました。茶問屋で茶屋を知らん……やなんて、あはははは……」

精一杯の冗談だったようで、次兵衛はひとりで笑った。

「そのせいで、旦さんからも得意先からも、あいつは商いには通じとるけど、ひととして付き合いしにくいなあ……と思われるようになってしもたんだす」

「堅かろうが柔らかかろうが、ひとそれぞれだ。仕事さえきちんとしておるなら、文句を言われる筋合いはないな」

「けど、わても男だす。そういうところで遊んできた、昨日のわしの敵娼《あいかた》は……とか、どこそこの酒の味は……とかゆう話をまわりのもんがしてるのを聞いとりますと、心のなかでは、なんや損してるような、あほらしいような気になったりもしとりました」

「ほう……」

次兵衛はまだ核心に触れようとしない。

「けど、商いのほうの評判は上々で、だんだんと大きな仕事を任されるようになり、おかげさんでついには番頭とまで出世でけました」

藤兵衛が、

「けっこうなこっちゃないかいな。山崎屋の番頭いうたら立派なもんや」

「へえ……番頭になると住み込みのままか通いになるか選べます。けど、通いということは女房を持たななりまへん。世話してやろう、というおかたも何人かいてましたのやが、長いあいだ堅い一方で過ごしてきましたもんで、このまま身を固めたら遊ぶことがでけん。少しは好きなようにしたい、と思て、それまでどおりお店に住み込ませてもらうことにいたしました」

藤兵衛がいらいらして、

「あんたの話、長いな。もっとポンポン！　と進められんか」

「そない言われても……」

幸助が酒をくーっと喉に流し込み、

「よいではないか。どうせ俺たちは暇だ」

「そらそうだすけど……」

恐縮しつつ次兵衛は先を続けた。信用と実績を買われた次兵衛は、やがて一番番頭に抜擢《ばってき》された。二番番頭を飛び越えての出世だったので、周囲の羨望《せんぼう》を集めた。自分のやり方は正しかった……と喜びもひとしおの次兵衛だったが、恨みを買うことのないように、なおいっそう商いに励もうと心に誓った。

そんな堅物の次兵衛に転機が訪れたのは昨年のことだった。茶人として有名な三月《さんがつ》堂洞亜《どうどうあ》が主催する「三月会」に、主《あるじ》の名代《みょうだい》として招かれたのだ。三月堂は、おのれの家に出入りする知人、友人、商人などを集め、年に一度、盛大な親睦会を開く。もちろん山崎屋の主庄左衛門《しょうざえもん》も招かれていたが、妻の実家で不幸があり、どうしても出席できなくなってしまったのだ。

「三月会には顔出さんと洞亜はんをしくじってしまう。次兵衛、ご苦労やけどわしの代わりに出てくれるか」

「よろしゅおます」

次兵衛は軽く返事をした。

「今思えば、あれが間違いのはじまりだした。会にはえらいひとばかりが並んどりましたんで、わては隅のほうに目立たんように座って黙ってりゃよかった。けっこうなお膳も出て、そのままお開きになるのかいな……と思とりましたら、阿波座堀の医者で萬十郎《まんじゅうろう》というおかたが、『次兵衛さん、このあとちょっとばかり付き合《お》うてもらえまへんか』と言うてきはったんだす」

次兵衛が怪訝《けげん》そうに、

「へえ……どちらへ？」

「そら『付き合い』ゆうたらたいがいわかりまっしゃろ。なじみの店が新地におまんのや。あんさんとこ、いつもご主人が来られますんで、今日は一番番頭さんとの顔つなぎのええ潮時や」

「わてはそういうことにはとんと不調法で、皆さんの興を削《そ》いだらご迷惑になりますさかいに……」

「なにを言うとりますのや。なにごとにもはじめてゆうことがおますがな。聞いてまっせ……山崎屋のご番頭は商いの腕は達者やが、あっちの道にはまるで疎《うと》い朴念仁《ぼくねんじん》や、となし
「そ、そんな噂が立ってますか。朴念仁はひどおますな」

「せやから今夜、その朴念仁ゆうとる連中を見返したりまひょ。わしが手ほどきしてさしあげまっさ。あんさんも一番番頭になったのやさかい、これからは山崎屋はんの名代でそういうところへ顔出しせなあかんことが増えまっせ。そのときにしくじりがあったら、山崎屋の暖簾《のれん》に傷がつくことになりますがな」

「ひえっ……そんなたいそうなことになりますか」

「なりますなります。谷口屋《たにぐちや》はんも鱗々堂《りんりんどう》さんも行くことになっとりますのや。行きまひょいな」

これが決め手となった。主から、ほかのおかたの言うとおりに合わせなはれ、くれ

ぐれも勝手なことをして場を白けさせんようにな……と申し渡されていたのだ。

「わ、わかりました。ご一緒させていただきます」

「それは上々。もちろん勘定のことはご心配には及びまへん。お誘いしたわしが全部持たせていただきます」

というわけで、次兵衛は三人とともに曽根崎《そねざき》新地に赴いた。なにしろ生まれてはじめて足を踏み入れる色里である。見るもの聞くもの珍しく、おのぼりさんよろしくきょろきょろしていると萬十郎が、

「ここだすわ」

指差したところを見ると、浜筋にある「丘八楼《おかはちろう》」という大きな店だった。水を撒《ま》いていた若い衆が、

「これは旦さんがたおそろいで。いつもありがとさんでおます」

「今日は珍しいひとを連れてきたで。山崎屋の一番番頭の次兵衛さんや。茶屋遊びははじめてやさかい、あんじょう頼むで」

「へ、承知しました。わてはこの店の若いもんで、太助《たすけ》と申します。以後、お見知りおきを……」

「は、はい、わては山崎屋の……」

萬十郎が笑って、

「玄関先で挨拶《あいさつ》のしあいしててもしゃあない。――太助、いつもの鹿ノ紀《かのき》から小照《こてる》を呼んどくれ。もう話はついたあるのや。ほかの女子《おなご》は任すさかい……」

万事心得顔で若い衆はなかに入り、

「萬十郎の旦さんご一行四人さんお入りやで。吉っとん、鹿ノ紀までひと走りして、小照さまとあとお三かた、手配りしてんか」

べつの若い衆が外へ走り出ていった。太助の先導で二階へ上がる。広間に入り、端に座ろうとすると萬十郎が手を取り、

「今日はあんさんが主客や。さあ、真ん中に座った座った」

と無理やり大黒柱のまえに座らせた。

「いえ、わてはこんなところは……」

「かまへん。大きい顔してでーんと座っとき」

びくびくしながら待っていると、仕出しの料理と酒が運ばれてきた。さきほど三月会で十分食べたので、

「こんなにも食べられまへんわ」

萬十郎に言うと、

「ははは……これは食べんでもええのや」

「え?」

「ちびち び盃なめとったらええ」

「はあ……」

しばらくすると四人の女が入ってきた。皆、派手な身なりで、頭は大島田や立兵庫に結い、豪華な簪《かんざし》、笄《こうがい》を差し、褄《つま》を取っている。なかでもひとり、背がすらりと高い別嬪《べっぴん》が目を引いた。ちらり、流し目を向けられただけで次兵衛の胸は高鳴った。これが新町なら、太夫《たゆう》とか天神とか呼ばれる位のこれまで見たこともない世界に突然放り込まれ、次兵衛がぼんやりしていると、その女がまっすぐ彼に向かって近づいてきて、

「まあ、色の白い、ほどのええお顔の、好いたらしいおかた。どちらの若旦那かいの?」

生まれてこのかた、そんなことを言われたこともない次兵衛は目を白黒させながら萬十郎に助けを求めると、

「小照、このおかたは若旦那やない。山崎屋はんという大きな茶問屋の一番番頭さんで次兵衛はんと言わはる。お茶屋に来るのは今日がはじめてというお堅い御仁でな」

「まあ、そうだしたか。ほな、私がこのおかたをおもてなしさせていただきます」

「ほう……ほな、小照がこの堅物をどう柔らこうするかお手並み拝見といこか」

小照は次兵衛ににじり寄るように座ると、婉然《えんぜん》と微笑《ほほえ》みながら、

「さあ、次《つぎ》さま、おひとつ飲《や》りなさんせ」

次兵衛が差し出された盃を受け取り、ちゅびっと啜ると、

「はい、ご返杯」

杯洗《はいせん》ですすぎ、同じ盃で自分も飲む。やったり取ったりしているうちに、次兵衛は頭がぼーっとしてきた。萬十郎が苦笑いしながら、

「うへーっ、これはやられた。谷口屋はんも鱗々堂さんも今夜はとんだ三枚目を引き受けなあかんようだっせ」

小照はニコッとして、

「こんな男前がモテなさるのはあたりまえだす。失礼ながら、あんさんらのお顔ではたとえ千両積んでもモテますまい」

「きついやないか。うははは……ふられたふられた。次兵衛さんを出しにしてモテようと思たのが間違いや。えらいひとを連れてきてしもたわ。おい、小照、さいぜんも言うたとおり、このおかたはこういう色里は今日がはじめてやさかい、あんまり手荒

う扱うたるなよ」

「大きなお世話だす。私が私のやり方でねんごろにおもてなししますのやさかい、ほっときなさんせ。——なあ、次さん」

そこまで聞いていた幸助は欠伸《あくび》をしながら、

「なんだ、おまえがはじめての色里でモテた、という話か。つまらん」

「それがその……えらいことになりましたんや」

たしかに次兵衛はモテた。小照は、

「あんさんみたいなええ男ならタダでもかまやせん。つぎはいつ来てくださるかえ。明日にでも会いたいわいな」

翌朝、そう言って次兵衛にしがみついた。次兵衛はこれですっかり舞い上がってしまった。もちろん次兵衛も、遊女の手練手管《てれんてくだ》については常々耳にしていた。「玉子の四角と女郎の誠、あれば晦日《みそか》に月が出る」という言葉も知っていた。しかし、小照が大きな目に涙を浮かべ、彼をじっと見つめながら、

「もうあんたに焦《こ》がれて死にそうだす。罪なおかた」

と言うのを聞いていると、それが嘘だとはとても思えなかった。

次兵衛は用事もないのに阿波座堀に行き、萬十郎に、

「またあの店に連れていってくれ」

と頼んだ。はじめは話のついでのように、

「そういえばこないだは楽しゅうおましたなあ。また、なんぞのときにご一緒させていただきたいもんだす」

と軽く触れるだけだったが、何度頼んでも萬十郎が、

「今は患家を回るのに忙しゅうて……」

と断ってくるのでついには、

「お願いします。なんとか小照にもっぺん会いたいんだす」

と懇願するまでになった。早く裏を返さないと小照に忘れられる……それが怖かった。

「いやあ、あんさんもだいぶに柔らかなりはったなあ。ええことだす。ほな、今晩にでも行きまひょか」

「おおきに！　ありがとさんでおます」

「けど、お店のほうはよろしいんか」

「かましまへん。旦さんにはなんとかうまいこと言うて、出てきまっさ」

「それと……言いにくいことやけど、このまえはこっちが誘うたさかいわしが払いは

持たせてもろた。今日はあんさんの分はあんさんが払いなはれや」

「もちろんだす。萬十郎さんの分もわてが持たせていただきます」

「さよか？　そらありがたい」

　店に戻った次兵衛は、主の庄左衛門に、

「医者の萬十郎さんから、今夜、わてと話がしたいさかい家に来てもらえんか、というお誘いがおまして……行て参じましてもよろしおますやろか」

「ああ、大事《だん》ない。行っといで。けどな……萬十郎さんはあんまり評判ええことないおひとやさかい、あんまり深《ふこ》う付き合うたらあかんで」

「評判が悪い、と申しますと……？」

「患者を診る目はたしかで大店や武家屋敷にも出入りしてはるけど、博打好きでな、たしかマムシの蛇兵衛《じゃへえ》とかいう親方の賭場でかなりの借金こしらえて、あちこち不義理してはると聞いたことがある。幇間《ほうかん》まがいのことをして店からあがりをもろとる、てな話も耳にしてる。まあ、おまえみたいな堅物は博打なんぞには手ぇ出さんやろけどな」

「もちろんでおます。博打てなもんは生涯近寄りとうおまへん」

「そやろ。ならばこそ、わしも安心しておまえに店を任せておれるのや」

次兵衛は店を出ると小走りに阿波座堀へ向かった。萬十郎は支度万端整えて彼を待っていた。

「遅いやおまへんか」

「すんまへん。なんぼ一番番頭いうたかて奉公人だすさかい、そうそう勝手に出てくるわけには……」

「早う行かんと、小照をほかの客が揚げてしまいまっせ」

「えっ……それは困ります。急ぎまひょ」

次兵衛は萬十郎の手をつかんで立ち上がらせた。萬十郎は苦笑して、

「新地に女は星の数ほどおる。そのときはほかの女郎《よね》を引き合わせますさかい……」

「あきまへん。わては小照に会いたいんだす」

連れだって歩きながら次兵衛は萬十郎に言った。

「えらい惚《ほ》れたもんだすな。まあ、向こうもおんなじことを言うとりましたけどな……」

「あれ、ほんまだっしゃろか」

「嘘やと思いまっか」

「わかりまへん。わかりまへんけど、玉子の四角と女郎の誠は……」

「あははは。そらそうやけど、ああいうところにおる芸子も舞妓もあたりまえの人間だす。人情に変わりはおまへん。ときには客をだますこともあるかもしれんが、こないだ小照があんさんに言うてたこと、言葉の調子や顔つきなんぞから考えて、嘘とは思えまへんだしたけどな」

「ほ、ほんまだすか！」

「はははは……声が裏返っとるがな。だいたいあいつはまえから顔好みする子やったさかいな、あんさんの男っぷりに惚れましたのやろ」

「わての顔……そないに男まえだすやろか」

「ああ、わしが見てもそう思います。いよっ、次さんの器量良し！」

「往来でやめとくなはれ。けど、今夜、小照がおらなんだらどないしよ……」

「そやなあ……小照も人気ものやさかいな」

小照は、鹿ノ紀のお職を張るだけあって教養のある女だった。踊り、三味線、琴、茶の湯、生け花などは言うに及ばず、書道、俳諧、和歌、囲碁などにも通じていた。なかでも絵は岡沢麦秋斎《おかざわばくしゅうさい》に学んだ本格派で、自他ともに認める腕前である。着ている内掛けなどの絵も自分が描いたものである。座敷で即興の絵を描くこともあり、所望した客はそれを高額で買い上げるのだ。江戸の吉原の花魁《おいらん》同様、武家や公家、大家の旦那衆とも対等にやりとりができ、贔屓客《ひいききゃく》も大勢いた。

「毎晩引っ張りだこだっしゃろ。もし、先にほかのお座敷がかかってたらもらいをかけてはみますけど、あと詰め（朝まで買い切り）やったらあきらめなしゃあない。そのときはまた今度、ゆうことにしまひょか」

「ええっ、そんな……旦那に嘘ついてまで出てきたのに……」

「な、なんやて？　あんさん、山崎屋はんに嘘ついてきはりましたんか！」

「あ、言うてしもた。悪いこととは知りながら小照に会いたさでつい……。すんまへん、このことはうちの旦那には内緒にしとくなはれ」

萬十郎は次兵衛の尻を叩くと、

「あんさん、なかなかええ極道になれそうな筋がおますな。わしの見込んだとおりや」

「それはほめてくれてますのか」

「あたりまえだんがな。これでもうわしらの仲間や。――心配いりまへん、あんさんからお誘いがあったんで、あれからすぐに鹿ノ紀に手紙をやって、小照の身体、今晩ひと晩押さえとります」

「えーっ、なんでそれをもっと早う……萬十郎さんもおひとの悪い……」

「はははははは。あんさんがあんまり小照にご執心やさかい、ちっとからこうてみたとこだす。相惚れとはうらやましい。けっこうなこっちゃ」

「へへへ……」

次兵衛は頭を掻《か》いた。

「まことにおまえの話は長いな」

暇だ、と言っていた幸助も、さすがに飽きてきた。一升徳利もそろそろ空になりそうだ。

「もうちょっとだす。もうちょっとで終わりますさかい……」

「残りは明日、ということにせぬか」

「アホな。ここまで話してやめられますかいな。そんなことするのやったら、またこの家で首くくりまっせ」

「わかったわかった。じゃあ手短にな」

「がんばってみます」

次兵衛はその夜も大いにモテた。

「主《ぬし》さん、つぎはいつ会えるかえ。私はもう、ほかの男には身を任せとうない。毎日でも来やさんせ」

「そやなあ……」

自腹で払ってみるとかなりの勘定である。今まで実直に勤め上げたので、かなりの額の蓄えはある。だが、この調子で払っていったらすぐに底をつくことは明らかである。

「のう、主さん……私もこれまでいろいろ役者衆やら武家衆やらを見てきたが、主さんの顔《かんばせ》の良さはほかと比べようがない。なかには私を見込んで身請けしようとおっしゃるかたもおられるが、主さんさえよければ、いずれ年季が明けたら主さんのもとに参りたい。聞けば、主さんもそのうち別家（暖簾分け）する身とか。この胸のうち、叶《かな》えてもらえませせぬか」

そう言われて次兵衛はボーッとしてしまった。これだけの別嬪に女房にしてくれ、と頼まれたのだ。

「わ、わかりました。かならず小照さんを身請けいたします」

それから次兵衛の色里狂いがはじまった。萬十郎を誘うと金がよけいにかかるのでひとりで行く。できるだけ金のかからぬように、酒も飲まず、肴《さかな》も取らないが、それでもかなりの入費である。最初は「あんさんなりゃタダでもかまやせん」と言っていた小照も、もっとお金を払《はろ》うてくれるお大尽の座敷を断ってここに来るのはきつい……と言い出した。それはそうだろう、小照は鹿ノ紀という店に金で買われている身なのである。鹿ノ紀の主にしてみたら、大金を払ってくれる上客を蹴って次兵衛にべったりではたまったものではない。しかたなく次兵衛は大尽《だいじん》並みの金を工面することになった。

そんなことを続けていては、いくら蓄えがあってもすぐに底をついてしまう。別家後の商いの資金にと思っていた貯金がみるみる減っていき、ついには空になってしまった。次兵衛はついに、店の金に手をつけることになった。次兵衛は、

(別家させてもらうときに、旦さんからおそらく五十両ぐらいはいただけるはず。それを前借りしてるだけや……)

心のなかでそんな言い訳をした。しかし、その五十両も一瞬で泡と消えた。次兵衛はいよいよ深みにはまっていった。茶葉を売った金を帳面上は売り掛けのままにして、懐へ入れる。筆先ひとつで大金が転がり込むのである。もちろんしてはならないことだ。つぎの棚卸しのときには主にバレてしまう。それまでになんとかしなくては店をクビになる。だが、次兵衛は新地通いをやめられなかった。

「○○さんとこで囲碁の会がおますんで……」

「○○屋の旦さんの謡《うたい》のおさらいを聞きにいかんと……」

「〇〇さんがお浄瑠璃に凝ってはりまして、どうしても聞かせたいそうで……」

庄左衛門への言い訳の種も尽きてきた。

（そろそろなんとかせんと……）

悩みながらも丘八楼へ足を向ける。鹿ノ紀には事前に文をやり、小照の身体は空けてもらっている。浜筋を歩いていると、

「もし、次さん」

振り返ると小照だった。

「なんや、おまえも今からか。一緒に行こか」

しかし、小照は、

「今日は丘八さんやのうて、よそで会いとおます。主さま、そうなさんせ」

「それはかまへんけど……なんでや」

「わけはあとで言うわいな」

次兵衛は首をかしげながらも、小照についていった。小照は店ではなく、曽根崎村の天神の森に入っていった。

「おい、こんなとこでなにをするつもりや」

「お店のひとに聞かれとうない話がおます」

ふたりは木の切り株に手ぬぐいを敷き、腰を下ろした。その日の小照はどことなくいつもと違っていた。雰囲気だけでなく、声の調子も、見目さえも異なって感じられた。

「どないしたんや。なにかあったのか」

すると小照は憂いを含んだまなざしで次兵衛を見つめ、

「じつは……身請けの話が来とるんだす」

「えっ……」

虚を突かれた思いだった。

「だ、だれや、そいつは」

「主さんも知ってなさる新六《しんろく》殿……」

「あいつか……」

次兵衛は天を仰いだ。新六は有名な料理屋『池瓢《いけひょう》』の跡取りである。彼が小照に思いを寄せて通っていることは次兵衛も知っていたが、

「あちらはお金持ちのぼんちゆえ、お金のためにええ加減にあしろうとるだけ。私のイロはおまえさまだけじゃわいな」

と小照に言われていたので無視するように努めていた。しかし、放蕩《ほうとう》息子とはいえ、

給金をもらう身分である次兵衛とは自由になる金の多寡が天と地ほども異なる。それに、奉公人である次兵衛はその日のうちに店に戻らねばならないが、新六はそんなことを気にせず、（親に意見されることさえ気にしなければ）毎日でも居続けすることができる。そこが次兵衛との大きな違いだった。

「お店の金を際限なく持ち出すゆえ、それならいっそ身請けして女房にすえたほうが安くつく……と池瓢の親が算盤《そろばん》をはじいたのやなかろうか。いずれにしても困りごと。主さん、どうなさる」

「どうなさる、と言われても……」

「新六殿は、役者にしてもええような男前。私も、主さまひと筋とはいえ、あのお顔を見ていると、ときにはぐらりと心傾くこともあったわえ」

「な、なんだと……それはあまりにわてを馬鹿にした言葉や」

「そやない。私の心は主さまにおます。けど……主さんにはのうて新六殿にはあるものがひとつだけ……」

「金か」

「金やない。鼻の高さだす」

「えっ……」

それは思いがけない言葉だった。

「主さまのお顔も好きやけど、新六殿のつんと高い立派な鼻を見ていると、道頓堀の役者衆の錦絵から抜け出てきたようで……」

頬をほんのり染めてそう話す小照の顔つきを見やっているうちに、次兵衛のなかに嫉妬の焔《ほのお》がめらめらと燃え上がってきた。

「けど、わてはこういう鼻に生まれついたのや。いまさらどうにもでけん」

「ほな、付け鼻でも……」

「アホか。毎日そんなもんつけて暮らせるかいな。——ほな、おまえは新六に落籍《ひか》されること承知なのやな」

「いや……そういうわけでもありゃせん」

「年季が明けたらわてのところに行きたい、て言うとったやないか。あれは女郎の手練手管か」

「そやないけれど、年季が明けるまえに身請け話が来てしもたからにはなにもかもが違《ちご》うてきます」

「それはそうやが……とにかくはっきりしてもらおやないか。新六を取るのか、わてを取るのか」

「でも、主さま……主さまに今の私を身請けするだけの甲斐性がおますか」

痛いところを突かれた。たとえ小照が次兵衛を選ぶと言ったとしても、次兵衛に金が支度できなければ、鹿ノ紀としては池瓢からの身請け話を断るわけにはいかないのだ。下を向いて黙り込んでしまった次兵衛に小照は言った。

「ほな、こないさせとくれ。私にしてもどの殿御と添うのかは生涯の大事。しばらく新六殿の身請け話は引き延ばし、そのあいだにじっくり考えてみとうおます。そのうえでもし、主さまに心が決まったら、身請けのお金は私がなんとかいたすわい」

「ほ、ほんまか！」

「へえ……私も鹿ノ紀の小照だす。これまでのご贔屓筋にずっと回状を回せば、皆、ご祝儀にいくばくかのお金をくださるにちがいない。それを集めれば、私の残りの借金分ぐらいにはなると思うぞえ。そのかわり、主さまもできるだけお金の工面をしとくれ。頼みますぞ」

そう言われても、現実にはそんな金を支度できるわけもなかった。そもそも店の帳面にも穴をあけてしまっているのだ。

「あ、ああ……そやな。——でも、考え抜いたあげく、新六に心が決まったら……」

「そのときは主さま、堪忍しとくなされ。主さまも新六殿も、足しげく通うてくれた大事な客。もし、私が新六殿を選んだなら、男らしゅうきっぱり諦めてくださんせ。あんさんにその覚悟がおありかえ？」

「ああ、もちろんや。振った振られたは廓の男と女のあいだにはようあること。そのときは念を残さず、おまえの行く先を祝《いお》うてやるわ」

次兵衛は色男ぶってそう答えるしかなかった。

天神の森を出ると、どんどん胸がむかついてきた。長年必死に働いて貯《た》めた金で通い詰めている次兵衛が、親のすねをかじってなに不自由なく金を使っている新六に負けなければならないのだ。そのまま店に帰る気にもならず、屋台の天ぷら屋でかなり飲んでいるときに常連らしい職人と些細《ささい》なことから喧嘩になった。算盤より重いものを持ったことがない次兵衛が腕力で勝てるわけもなく、ぼこぼこにされて草むらに倒れていたところへ、

「おい、次さんやおまへんか」

顔を上げると、医者の萬十郎である。

「どないしましたんや。顔、腫《は》れ上がってまっせ。そのままでは店にも戻れんやろ。腫れが引くまでしばらくそこの上燗屋《じょうかんや》で飲みまひょいな」

願ってもない申し出に、次兵衛は飲み直すことにした。水で絞った手ぬぐいで顔を

冷やしていると、萬十郎が言った。

「お店の方はよろしいんか」

「へえ、囲碁の会で夜明かしになるかもしれん、と言うてきておますさかい」

ふたりはしばらく無言で飲んでいたが、

「次さん、聞いてまっせ。えらい小照にはまってしもとるらしいやおまへんか」

萬十郎は案じ顔で言った。

「わしの耳に入ってるということは、そのうち山崎屋の旦那にも届くちゅうこっちゃ。気ぃつけなはれや」

「へえ……」

「わしも悔やんどりますのや。あんさんみたいな真面目なおひとに茶屋遊びを勧めてしもた。こうまで深入りするとは思とらなんだ。すんまへんでした。ええ加減なところで手ぇ引いたほうがよろし」

「今頃なにを言うてはりますのや。もとはといえばあんたさんが……」

「わかってまわかってま。せやさかい謝ってますのや。わかりますやろ？　相手は芸子だす。だましますよ、という看板掲げて商売しとる女子だっせ。本気にしてどないしますねん」

「それはわかってます。けど小照はちがいますのや。あいつは客に正直に腹を割って話す、そういうやつだす。せやさかい信じられますのや」

「どういうこったす」

次兵衛は、池瓢の跡取り息子新六が小照を身請けしようとしていることを話した。

「ははあ……あのガキか。わしも丘八楼でなんべんか見たことおますわ。たしかに小照にご執心やったが……身請けとはなあ。けど、ええ潮時やおまへんか。これであんさんも小照を忘れて商いに戻れますわ」

「アホな！　もうわてはあと戻りでけんところまで来てますのや。店の金も使い込んでしもたし、旦さんにバレたらわてはもうおしまいだす」

萬十郎は血相を変え、

「な、なんやて。あんたそんなことまで……ああ、返すがえすもわしがあのとき誘うたのが間違いやった」

「遅おますわ。これでもし、小照までがわてを見捨てるようなことになれば、わてにはなにも残らんことになる。そのときは包丁で小照の喉《のど》を突き、ついでにあんたも殺したうえでわても死にます」

「あ、あ、アホなこと言わんといて。わしを巻き込まんといてんか」

「巻き込むな、て……なにもかもあんたから起こったことや。こうなったらこの場であんたを殺して……」

「かなんなあ……」

萬十郎はため息をつき、

「身請けの金は、なるほど小照ほどのお職が辞めるなら、贔屓筋がなんぼかずつ出しますやろ。わしも応分を割り振られると思う。というたかて、小照があんさんを選ばなんだらなんにもなりまへんわな」

「そのときはあんたを殺して……」

「もうええちゅうねん。せやけどなあ……小照、あいつほんまに顔好みするやつやさかい、もしかしたら次さんを振って新六になびきよるかも……」

「あああ、小照、それだけは堪忍してくれっ」

次兵衛が大声を出すと、

「表に聞こえるやおまへんか。なんちゅう声出しますねん。——わしはあんたの顔、十分男前やと思うがなあ」

「小照は、新六の顔は道頓堀の役者絵から抜け出たようや、て言うとりました。わてはあきまへん……」

「そうかなあ……。まあ、向こうのほうが鼻が高いわな」

「それだすのや。小照も、わてにはのうて新六にあるものは立派な高い鼻や、て言うとりました。ああああ、なんでわてはこんなに鼻が低いのや！」

「低いことはおまへんで。十人並みだす」

「十人並みではあかんのだす」

自分の鼻を引っ張りだした次兵衛に、萬十郎は言った。

「じつはな……ひとつだけ手立てがおまんのや」

「え？」

「あんさんの鼻を今より高《たこ》うする術だす」

「まさか……ひとの鼻を切り取ってくっつけるとか」

「わしは医者やけど、そんな南蛮手妻みたいな真似はようせんわ……」

「ほならいったい……」

「ああ、やっぱりやめとこ。次兵衛さんには荷が重いやろ。それに、言うても信じへんやろし……」

「信じます。信じる。今のわては藁《わら》にでもすがりたい気持ちだす。あいつをわてのもんにできるのなら、どんなことでもします」

「金が、ちょっとかかるのやけど……」

「なんぼほどだすか」

「銀《ぎん》二貫目……」

「にににに二貫目！」

「びっくりすることおまへんがな。考えてみ？　新町であれぐらいの芸子が落籍されるとしたら、一箱はかかるやろ。それが三十分の一ですむのやさかいえらい安上がりやないかいな」

「そ、そらそうかもしれまへんけど……」

　二貫目など、奉公人の身にとっては気の遠くなるような大金である。萬十郎は煙管《きせる》をくわえながら、

「無理やな。無理やろ。あきらめなはれ」

「い、いや、だんどりします。それでわての鼻が高うなるのなら……」

「うーん……内緒ごとなんやけどなあ……」

「お願いします。わては今、小照のことしか考えられまへんのや」

「さよか。そこまで言うのやったら話ししてあげますわ。――あんさん、天狗、知ってなはるか」

「天狗、だすか……？」

「そや」

「あの、鼻の高い……」

「そや」

「顔の赤い……」

「そや」

「羽団扇《はうちわ》を持った……」

「そや」

「背中に羽の生えた、クチバシのある……」

「それはカラス天狗ゆうやつだすな。わしの言うとるのは大天狗。一本歯の下駄をはいて、山伏のような装束を着とる……」

「そんなもんがほんまにおりますか」

「鞍馬山《くらまやま》の僧正ケ谷《そうじょうがたに》というところには今でも天狗が夜な夜な集まっとるらしい。そこに行って金を積むと、鼻を高うしてくれるそうだす」

「なんでそんなこと知ってはりますのん」

「まえにもな、あんさんとおんなじように、鼻を高うしたいと始終言うとるやつがおりましたんや。町内の染物屋の女子衆《おなごし》に首ったけやったのが、あんたみたいに鼻の低いひとは嫌い、て肘鉄食うて、俺が女子にモテへんのは鼻のせいや……て思い込んでなあ。由太郎《よしたろう》ゆうやつやったけど、あるときそいつが行きかた知れずになりよったんだ。思いつめて頭が変になったんや、アホなやっちゃなあ、とみんなで言うとったらしばらくして帰ってきよった。見たら、なんと鼻が高うなっとりましたんや」

「ええーっ！」

「触ってみたけど、付け鼻やない。ほんまもんや。わしらもびっくりして、それ、どないしたんや、と問い詰めたら『鞍馬山で天狗さんに頼んだら、こうなった』と白状しよりましたんや」

あまりに荒唐無稽な話に次兵衛は、

「それ……冗談《てんご》だっしゃろな」

そう言うのが精一杯だった。

「今のわてにはそういう悪洒落《あくじゃれ》がいちばんきついんだす。やめとくなはれ」

「そう思うのも無理はないけどな、冗談でも悪洒落でもおまへんのや。わしもにわかには信じがたかったけど、嘘もなにも目のまえに生きた証拠があるのやさかい、信じるほかおまへん。医者のわしが言うとるのやから間違いない」

萬十郎の顔は真面目そのものだった。

「そいつの言うには、天狗にはひとの鼻を伸び縮みさせる神通力があって、二貫目という金を積んだら、鼻をどんな風にも変えてくれるそうだす」

「二貫目か……。二貫目いうたら二貫目……」

「当たり前やがな」

「二貫……二貫……二貫……」

「どないだす、それだけの金を支度する根性があんさんにおますか」

「うーん……」

「もし、なんとかできるようやったら、今日の夜中に大川町にある『藤源』ゆう船宿に行きなはれ。天狗に会いにいけるようだんどりしときますわ」

「二貫……二貫……二貫……」

次兵衛はそう繰り返しながら店に戻った。小遣いを渡してあった丁稚に潜り戸《くぐど》を開けさせ、なかに入ったあとも、

「二貫……二貫……」

とつぶやき続けているので、その丁稚が、

「ご番頭さん、みかんがどないかしたんだすか」

「なんでもない。もう用はない。早う寝なはれ」

「へーい」

寝間へ入ったものの寝付けない。

（天狗なんてほんまにおるわけない。おとぎ話や。萬十郎さんは冗談《てんご》言いはったのや。真に受けたらあかん……）

そう考えて、そのまま寝てしまおうかとも思ったが、

（けど……目のまえに生きた証拠があるのやさかい信じるしかない、て言うてはった。もし、ほんまの話やったらせっかくの千載一遇の機会を逃すことになる。小照と一緒になるには、それしかないのや……）

悶々《もんもん》としながらなんども寝返りを打った。

（ほんまにわての鼻が高うなったら、小照驚きよるやろなあ。うわあ、次さん、うれしやの……言うて飛びついてくるかもしれんなあ……）

（とにかくその「藤源」ゆう船宿に行ってみよ。行って、話を聞いて、これはまやかしやと思たら帰ったらええのや。話聞くだけやったらタダやさかいな……）

夜更けにがばと起き上がった。決心がついたのである。つぎの棚卸しまでまだ三月《みつき》ある。それまではバレずにすむ。三月のあいだだけでも小照と所帯を持ち、いよいよ

露見しそうになったらどこか田舎にでも高飛びするか、心中するか……。そんなことを思いながら、次兵衛はふらふらと金蔵へ入っていった。そこの鍵を持っているのは主の庄左衛門と自分だけである。暗いなか、手燭もつけずに彼は丁銀箱のひとつを開けた。仕入れのための金だ。そこからきっちり銀二貫目分だけをつかみ出し、懐に入れた。主の顔が思い浮かんだが、必死にそれを頭から追い払った。代わりに小照の顔が浮かび上がった。

（わては、なんという罰《ばち》当たりや……）

そう思いながら蔵から出る。だれにも見られていない。次兵衛は寝所に戻らず、そのまま店を出た。懐《ふところ》がずっしりと重く、身体が震えてうまく歩けなかったが、なんとか足に気合いを入れて大川町に向かった。大金を……それも主家から盗んだ金を所持している、という恐怖から途中から小走りになり、しまいには駆け足になっていた。

藤源という船宿はすぐに見つかった。かなり古く、渡り廊下も床もべこべこだった。体重をかけるとそのまま建物が川に沈んでいきそうで怖かった。

「医者の萬十郎さんが来てはりますやろか」

やる気のなさそうな女将《おかみ》にそう言うと、

「そんなひとは来てないけど、夜中に次兵衛いうお大尽が来るかもしれん、と言うとった客はおる。あんた、次兵衛大尽か？」

女将は無遠慮に次兵衛をじろじろと見た。

「次兵衛はわてだすけど……そのお客はなんというひとだすか」

「由太郎とか言うてはったなあ。一見《いちげん》さんやさかい、よう知らんわ」

由太郎……天狗に鼻を高くしてもらったという男の名前だ。次兵衛の胸は高鳴った。

女中に案内された部屋からは浄瑠璃が聞こえてきた。ほれぼれするような良い声だ。なかに入ると、職人風の男が手酌で酒を飲みながら「曽根崎心中」を語っていた。こちらを向いたその男の顔を見て、次兵衛はぎょっとした。鼻がやけに高い。まるで異人のようだ。

「おまはんが次兵衛さんか。待ってたで。もう来んかと思てた。ま、座んなはれ。一杯いこか」

次兵衛が汚らしい座布団に座ると、男は酒をすすめてきた。

「いや、酒はよろし。鼻が高うなる件を……」

「おまはんもいらちやな。まずは口を湿してからや。――ほれ」

相手の機嫌を損じてもいけないので、次兵衛は差し出された盃を数杯干した。駆けてきたせいかそれだけでかなり酔ってしまった。

「銀二貫、持ってきたか」

「へ、へえ……」

次兵衛はそっとふところを押さえた。

「鼻を伸ばしたいんか」

「まあ……その……」

「伸ばしたいんかどうなんや」

「伸ばしたい。高うなりたい」

「わかった。おまはんを今から鞍馬山の天狗のところへ連れていったるわ」

「え？　え？　今からだすか？」

「そや。——行きとうないんか」

次兵衛は唾《つば》を飲み込み、

「行きたいけど……ここから鞍馬まではめちゃくちゃ遠おまっせ。こんな夜更けに出たら、夜船もないし、着くのは明日の昼過ぎか夕方になりますがな」

「ははは……気にせんでええ。わしらがおまはんをここから鞍馬まで連れてったる」

「え？　え？　え？」

由太郎という男は立ち上がった。そのとき、彼の袖の下あたりから翼のようなものが見えた。

「あ、あ、あ、あんたはまさか……」

男は答えず、

「さあ、わしの仲間がおまはんを鞍馬に運ぶで」

「仲間……？　仲間というと……」

「天狗仲間じゃ。さあ、おまはんもこれをかぶれ」

由太郎に手渡されたのは真っ赤な天狗の面だった。目のところには小さな穴が開いている。

「こ、これをかぶりまんのか」

「そうじゃ。かぶったら目ぇつむっとけよ。天狗を直《じか》に見たらおまはんの目がつぶれるさかいな」

次兵衛はあわてて面をつけた。紐《ひも》はついておらず、口の部分の裏側に突起があって、そこをくわえるようになっていた。

「横になれ」

言われたとおりにする。障子が開く音がした。数人が入ってきたような足音が聞こえた。

「ささ……天狗のご入来じゃ。けっして見るなよ、見るなよ……」

そう言われると余計に気になり、次兵衛は目をうっすらと開けた。

(て、天狗……)

入ってきたのは皆、天狗だった。それが面なのか、それとも本物の天狗なのか、酔っていた次兵衛には判然としなかった。

(えらいことになった……)

怖くなった次兵衛は目をぎゅっとつむった。なんだか頭の芯がぼーっとしてきた。眠っているのか起きているのかもわからない。

「さあ、鞍馬山へ行くぞ」

由太郎の声がした。次の瞬間、次兵衛は身体がふわりと宙に浮かんだような気がした。高く高く、ぐんぐん上昇していく。

「鞍馬じゃ鞍馬じゃ」

「鞍馬じゃ鞍馬じゃ」

掛け声とともに、前のめりにどんどん傾斜していくような感覚が次兵衛を襲った。

「た、助けてくれえっ」

「おまはんは今、天狗に支えられて空を飛んどるのじゃ。暴れたら落ちるぞ」

びくりとして次兵衛は全身を硬直させた。

「きれいな星空じゃ。星に手が届くようやな」

由太郎がそう言うと、次兵衛の周囲に夜空が広がった。目をつむっているのに見えるのだ。星が後ろへ後ろへ飛んでいく。

（ほんまや……わて、ほんまに空を飛んどる……）

次兵衛は感激した。

「早いもんで、もう枚方《ひらかた》や。淀《よど》、中書島《ちゅうじょじま》、伏見《ふしみ》……」

由太郎が口にする景色が次兵衛の眼前に展開する。

「ほれ、言うてる間に鞍馬に着いたで」

由太郎の言葉をきっかけに、次兵衛の身体はすさまじい速さで墜落《ついらく》していった。

「うわあ……うわあああ……」

両手両足をじたばたさせていると、突然、地面に叩きつけられた。気を失いそうになったがなんとかこらえ、上体を起こした。

「こ、ここは……どこや」

「ここは鞍馬の僧正ケ谷。人間の来るところではない」

不気味な声が聞こえてきた。次兵衛は面を外《はず》したが、あたりは真っ暗でなにも見えない。しかし、何人かに囲まれているような気配は感じられた。

「て、天狗さんだすか。わては大坂天満の茶問屋の番頭で次兵衛と申します。鼻を……鼻を高うしてほしいんだす。惚れた女子と一緒になるためだすのや。お願いします」

しばらく無言の時間が過ぎたあと、

「天狗は山の神仙。人間ごときの鼻をいじるような下卑《げび》た真似ができると思うか」

「えっ？　けど、由太郎さんの鼻は……」

「天狗は気まぐれじゃ。あのときはたまたま虫の居どころが良くてそういう気になったまで。おのれの顔を見ておると、あまりの不細工さに吐き気がしそうじゃ。帰れ帰れ」

「そんな……約束が違《ちが》うやおまへんか。なんとかしとくなはれ！」

声のする方に向かってすがりつこうとした次兵衛を天狗は荒々しく突き飛ばし、

「たわけめ。人間の分際で天狗と約定《やくじょう》など百年早い。――おい、皆でこやつに少しばかり性根を入れてやろう」

暗闇のなかの輪がせばまった、と思ったら、次兵衛は四方八方から小突かれ、殴られ、蹴り飛ばされた。

「やめ、やめてくれえっ」

だんだん気が遠くなっていく。

「ふはははは……その面《おもて》で女子《おなご》にもてようなど片腹痛いわ」

「あははは……おととい来い」

「天狗の怖さが身に染みたか」

「大坂へ帰れ」

「帰って、首をくれ」

「生きていてもしかたあるまい。首を吊れ、首を」

「あははは……」

「わははは……」

嘲笑に取り巻かれながら、次兵衛は意識を失った。

◇

「それで話は終わりか？」

幸助がきくと、次兵衛は肩を落とし、

「そうだす。終わりだす」

「気がついたら鞍馬山にいたのか？」

「いえ……大坂だした。中ノ天神の境内で泥だらけになって倒れてました」

「金はどうなった」

次兵衛はかぶりを振り、

「のうなってました。天狗が持っていきよったんだっしゃろな。持ってたのはこの天狗の面だけだすわ」

幸助と藤兵衛は顔を見合わせた。

「そのあと、わてはすぐに鹿ノ紀に行って、小照に会いました。そしたら……」

次兵衛は天狗に鼻を高くしてもらおうとして二貫目を取られた話を小照に語った。聞いていた小照の顔がだんだん曇っていき、

「次さん……あんさん、なんでそんな嘘話をなさる」

「う、嘘やない、ほんまなんや」

「いいえ、嘘じゃわいの。私がとこへ通うためにお店のお金に手をつけて、二貫目という穴を開けた。そりゃ私ゆえになされたことゆえうれしいが、私は主さまに鼻を高

うせよ、などと言うたことは一度もないわいの」

「な、なんやと！　昨日、たしかに天神の森でわてにそう言うたやないか」

「私は昨夜《ゆんべ》は頭《つむり》が痛《いと》うて、ずっと部屋で休んでおりましたゆえ、外には出ておらぬわいな。主さまと会うてもおらぬ」

「そそそんなアホな……たしかにわてはおまえと……」

「冗談《てんごう》じゃと思うならうちのお母はんにきいとくれ。それに……私は新六さんから身請けの話などもろとりゃせんわいの。これも信じぬなら、お母はんにでも池瓢にでもたしかめとくれ」

「ほ、ほなわては……二貫目ただで天狗に取られただけかいな……」

「さっきからまたしても天狗、天狗……そんなに天狗さまに罪をなすりつけいでもよろし。だれがそんなこと信じよう。男らしゅう、おのれが使《つこ》うた、と言うたらどうかいの。そんな泥だらけの格好で私に会いにくる性根も気に食わぬ。嘘ばかりつくあんさんがつくづく嫌になりました。顔も見とうない。もう二度と来んといてくなはれ」

思わぬ言葉に呆然《ぼうぜん》とした次兵衛は、鹿ノ紀の女将に話を聞いたが、

「昨日はあの子、ずっと部屋で伏せってたはずだっせ。え？　池瓢さんからの身請け話？　そんなもんおますかいな。あそこの若旦那は店のお金を使い込んで親旦さんか

ら大目玉食ろて、今、蔵住まいさせられてる、て聞いてます」

「ひえええっ」

なにがなんだかわからなくなった次兵衛は、這うようにして萬十郎のところに行った。目つきの悪い玄関番に汚れた着物をじろじろ見られながら、

「萬十郎さんは？」

「先生は数日まえから所用で駿河《するが》に行っとります」

「そんなはずない。昨日、会うたのや」

「そんなことおっしゃられても……」

「なんでや。なんで隠すのや」

「私はなんにも隠しておりません。私が嘘ついているという証拠でもあるのですか」

次兵衛はカッとして玄関番を叩こうとしたが、向こうのほうが上背《うわぜい》があって強そうなのでやめた。

最後に訪れたのは、大川町の藤源だ。もしかしたら二貫目が手付かずで残っているかもしれない……そんな望みはすぐにぶち壊された。昨夜よりも余計にやる気のなさそうな女将は、

「由太郎？　昨日も言うたやろ。一見さんやさかい、どこのだれか存じまへん、て。

忘れもの？　あんたが帰ってから座敷は掃除したけどなんにもなかったで。わてが猫ババしたて言うんか？　それやったらお奉行所でもどこでも訴えたらええわ。――は？　天狗？　あんた、頭おかしいんか？　商いの邪魔や。はよ去《い》に。去なんだら石ぶつけるで」

　目のまえが真っ暗になった次兵衛はもうどこを歩いているかもわからなくなっていた。

「二貫目という金を盗んで大恩ある主家の帳面に穴を開け、その金も盗《と》られ、鼻も高うならず、小照とも一緒になれん。もう生きててもしかたがない。どこぞで死のう。橋から飛び込むか、包丁で腹を切るか……でも、天狗たちに言われた『首をくれ』という言葉が頭のなかをぐるぐる回っとりましたんで、そや、わては首を吊らなあかんのや……そんな気持ちになりまして……」

「ふーん……」

「夜が明けかけてたんで、だれかに顔を見られんよう面をかぶってふらふら歩いてたら、ふとこの長屋を通りかかりまして、この家の様子を見たら、なんとのう死にやすいような気がして、首を吊る気になりましたんや。えらい迷惑かけてすんまへん」

「なるほどなあ。そら首吊りとうなるのもわかるわ」

藤兵衛が言った。

「けど、今どき天狗がおるやなんてだまされるあんたもあんたや。そんなもん嘘に決まってるやないか。大店の一番番頭やねんさかいもっとしっかりせんかいな」

次兵衛は目を丸くして、

「なに言うてはりますのや。天狗はほんまにおりましたんや。せやさかい、わては空飛んで、鞍馬山まで行けましたんやがな」

幸助が呆れて、

「おい、ではおまえは、まことに天狗に会うて、京へ連れていかれた、と思うておるのか」

「へえ。──違いますか?」

「おまえは、ずっと目をつむっていたのだろう。空を飛んだ、とか、鞍馬山に着いた、とかいうのは、その由太郎とかいう男の言葉を聞いただけではないか」

「そ、そらそうだすけど、たしかに身体が浮いてましたで。星も見えてたし、京の都の様子も空から見ました。御所やらお寺やら……」

幸助はため息をつき、

「目をつむっているのに、なにゆえ星やら景色やらが見えるのだ」

「あ……」

次兵衛は口に手を当てた。

「それに、おまえは仰向《あおむ》けに船宿の床に寝そべったのだろう。その姿勢のまま飛んだならば、下界の建物が見えるはずがない」

「……………」

その言葉は次兵衛にとどめを刺したようで、

「また死にとうなってきました」

「まあ、急《せ》くな。死ぬのはいつでも死ねる。そのまえにおまえをだました連中の悪巧みをつきとめようではないか」

「ほな、わては最初《はな》からだまされとったんだすやろか」

「だろうな。だが、だれとだれとがぐるなのかはわからん。今から調べてみよう」

「ほんまにわてはアホだした。――けど、それやったらなんで空を飛んだ気持ちになったんやろ……」

「なにかからくりがあるのだろうな。それもこれから調べよう。――おまえはあまり外に出ぬほうがよい。この長屋でじっとしておれ」

「けど……わてが帰らなんだら、今頃お店はえらい騒ぎになってるのやおまへんやろか。これまではどんなに遅うなっても明け方までには店に戻って、朝からきっちり勤めてましたさかい……」

藤兵衛が感心したように、

「真面目やなあ。その真面目さにつけ込まれたんや。よっしゃ、わしに任せとけ」

「えっ？　二貫目、償《まど》うてくれはりますのんか」

「アホ！　そんな大金はない。けど、あんたはいつまでもこの長屋におってええさかいな」

「おおきに……おおきに……」

「そない頭下げんでもええ。袖振り合うも他生の縁や。そのうちにこの先生があんたの金も取り戻してくれるやろ」

藤兵衛はそう言って幸助を見た。

「買いかぶるな。そういう金はまず戻ってこぬものだ」

「いやいや、こないだの押し込み一件を防いだ腕はなかなか見事だしたで」

「おだてるな。――だが、山崎屋にはなにか言うておかねばならぬな。使い込んだ金の穴埋めも考えねばならぬ」

「そうだすなあ……」

「となると、あいつかな」

幸助は、ある人物の顔を思い浮かべていた。今回は舞台が曽根崎新地だからうってつけといえる。

「では、俺は出かけてくる。――この男はどこにかくまう？」

藤兵衛が、

「西の三軒目、女相撲と祓《はら》いたまえ屋のあいだが空いとるさかい、そこに入ってもらいまっさ」

藤兵衛と次兵衛は出ていった。キチボウシが絵から抜け出し、走り寄ってきた。徳利を持ち上げ、

「な、なんじゃ。一滴も残っておらぬではないか。なんと浅ましい……」

「浅ましいのはおまえだ。これは家主が持ってきた焼酎だぞ」

「ふん、呑み助どもめ。だいたいあの男は話が長すぎる。我輩は絵のなかで何度もあくびをしたぞよ」

「妙な話だったな。おまえはどう思う」

「どうと言われても、あの阿呆《あほう》がたぶらかされて金を巻き上げられただけじゃと思うがの」

「それはそうだろうが……そもそも天狗なんているのか?」

「キシシシシ……おのしもなにを寝ぼけたことを言うておる。天狗などおるわけがない。この世に物の怪などおらぬ、とさっき申したであろうが」

「では、天狗の言い伝えが古来ずっと途切れぬのはどういうことだ」

「おのしら人間は、わけがわからんものを妖怪変化《へんげ》のせいにする癖がある。神隠しがあったら天狗にさらわれたのじゃ、木の倒れる音がしたら天狗が倒したのじゃ、山のなかで高笑いが聞こえたら天狗が笑《わろ》うたのじゃ……なんでも物の怪のしわざにしておけば丸う収まる」

「なるほど」

「天狗だけではないぞ。こどもが池で溺《おぼ》れたら河童《かっぱ》のせいじゃ、夜道でこけたらスネコスリのせいじゃ、災難ばかりが続いたら厄病神のせいじゃ……」

「それは当たっているだろう」

「フヒハヒ……そのとおり」

「ということは、次兵衛はやはり人間にだまくらかされたわけだな。でも、空を飛んだ、というのがよくわからぬ」

「どうせつまらぬ仕掛けであろうぞよ」

　そこまで言ったとき、

「びんぼー神のおっさーん！」

　門口で元気な声がした。キチボウシはへらへら笑いながら小動物の姿に変じた。入ってきたのは筆問屋「弘法堂《こうぼうどう》」の丁稚亀吉《かめきち》だった。

「筆の材料もってきましたで。――うわあ、こないだ来たときより一段とおんぼろになってるなあ。梁が折れてますわ。梁がなかったらこんな長屋、骨のないタコみたいなもんや。風が吹いたらつぶれてしまいまっせ」

「まあな」

　幸助は苦笑いして、

「こないだ描いてやった物の怪の絵は役立ったか？」

「ああ、あれだすか。うーん……まあ、終わりよければすべてよし、いうことだすなあ」

「なんのことだ」

「わて、同心になりましたんや」

「なに？　町人が同心になれるか」

「丁稚同心だすさかいなんぼでもなれますねん。――あっ、こんなとこに天狗の面がある！」

目ざとく見つけた亀吉はすぐに面に手を伸ばした。かぶろうとしたが、

「うわーっ、ぺっぺっ！　なんや、この味……」

面を外すと、唾を吐いた。

「どうした？」

「まずう……。おっさん、この面のくわえるとこ、苦ーい味がしまっせ」

「なんだと？」

幸助は天狗の面の裏を指でなぞり、なめてみた。なるほど、妙な苦さが口に広がる。

「亀吉、すぐに水で口をゆすげ」

「えっ？　これ、まさか毒だすか」

「毒ではないが……おそらく幻を見させる怖い薬だ」

そう言うと幸助は眉根を寄せた。

◇

夕刻、そろそろ遊客たちの足が色里へ向かう時分である。日中の商いの疲れを癒《いや》す

べく、贔屓《ひいき》の店に吸い込まれていく。なかにはひやかしの客もいる。遊里気分を楽しもうという連中だ。皆、揚がる店を決めるまでのひとときを楽しんで、店から店へ「ぞめく」というちゃらちゃらした歩き方をしているが、そんななか、ふところに一文の銭も持たない幸助は懐手をして真っ直ぐに歩いている。どうせ若い衆はだれも彼を引こうとしない。そういう商いのものには相手が金を持っているかどうかひと目でわかるのだ。

「今晩、お福旦那はどの店にいる？」

店のまえを箒《ほうき》で掃《は》いていた若い衆にたずねると、

「大津屋の二階で散財してはりましたで。あんたもおこぼれにあずかろう、ちゅう魂《こん》胆《たん》だすか」

「ははは……まあ、そんなところだ」

「しっかりがんばんなはれ」

幸助は言われたとおり大津屋という店に行った。お福旦那は、まだ日も高いというのに芸子、舞妓、幇間を集めて浮かれ騒いでいた。

「あいも変わらず派手好みだな」

苦笑しながら暖簾をくぐると、応対に出た男が胡散臭《うさんくさ》そうに幸助の風体を吟味して、

「なんでおまひょう。うちは一見さんはお断りしとりまんのやが……」

「心配するな。登楼《あが》りに来たのではない。お福旦那に用があってな……」

「それやったら、すんまへんけどお福旦那のお遊びが終わるまで待ってもらえますか。どんな大事なご用か知りまへんけど、今、ちょうど興が乗りかけたところだすさかい」

「まあ、そう言うな。俺は急いでいるのだ」

「あんたはそうかもしれんけど、うちは困りまんねん」

「そうか……。いらぬ差し出口かもしらぬが、すぐに取り次がぬと、おまえがお福旦那をしくじるやもしれんぞ」

男の顔色が変わり、

「ほんまだすか？　ほ、ほな、ちょっとだけきいてきまっさ。あの……お名前はなんとおっしゃる？」

幸助は「貧乏神が来た、と言えばそれでわかる」と言おうとしてためらった。こういう商売はいたって験《げん》を気にするからだ。

「絵描きの幸助が参った、と申してくれればよい」

「へ……わかりました」

男が階段を上がっていくあいだ、二階から嬌声《きょうせい》が降ってくる。

「旦さん、今日こそまた小判撒《ま》きをお願いできんもんだっしゃろか」

「そやなあ、久しぶりやさかいそろそろやってみよか」

「うわあ、旦さん、うれしいわあ」

「あてはずっと旦那はんが小判撒いてくれるの待ってましたんや」

「あかんで、今日の小判はみなわてのもんや」

「繁八《しげはち》さん、なにを言うとんの。こういうことは太鼓持ちは遠慮するもんだっせ」

「そんなこと知るかいな。この繁八、撒かれた小判、残らず吸い上げるさかい覚悟しといてや」

そこへちょうど男が上がっていったようだ。ごにょごにょとした会話があったすえ、

「皆すまんな。今日はちと用事ができたさかい小判撒きはまた今度にするわ」

「えーっ！　そんな殺生な！」

「大事の客が来たんでな、すまんすまん」

「どこのどいつや、その客て。簀巻《すま》きにして川へ放り込んだろか」

そんな物騒な言葉が聞こえてきたあと、顔を白塗りしたお福旦那が降りてきた。

「やっぱりあんたか。なんぞあったんか」

「そういうことだ」

ふたりは大津屋を出ると、少し離れたところにある柳の木の下で立ち話をした。ここなら他人に聞かれる心配はない。お福旦那はにこにこ顔で、

「わたいもそろそろあんたに会いに行こ、と思とったのや」

「ほう、それはどういう……」

「いや、まずあんたのほうから先に聞こ」

「俺は、鹿ノ紀という置屋にいる小照という芸子の一件だ」

お福旦那はぷっと噴き出し、

「あっはっはっはっ……わたいもその件や」

「ほう……」

「『庚屋《かのえや》』という質屋の長男で伊之助《いのすけ》というやつが天狗にだまされて首を吊って死んだという……」

「なに？　それは知らぬ。俺のほうは、茶問屋山崎屋の一番番頭だ。天狗にだまされたところは同じだな」

「ほな別口があるのか。これはほかにもやらかしとるかもしれんな」

幸助は、次兵衛の体験をお福旦那につぶさに語った。お福旦那はうなずき、

「その御仁は間一髪で死なずにすんだ。あんたがたのおかげや。店はしくじるかもしれんけど、生きてたらなんとかなる。人間、命が一番大事や。伊之助は、可哀想に死んでしもた」

お福旦那が言うには、伊之助という男は大きな質屋の息子だが、はじめのうちはさほど茶屋遊びが好きなほうではなかった。しかし、小照と出会ってから入れあげはじめた。伊之助は浄瑠璃に凝っていて、小照が太《ふと》の三味線が弾けるところから馬が合ったようだ。小照は、

「あんたは声がよいぞえ。震いつきとうなるほどじゃ。ひと晩中でもその声、聞いていたい。また語ってたもんせ」

そう言って伊之助の喉をほめた。伊之助もまんざらではなかったが、ある日、小照が悄然《しょうぜん》としているので理由をたずねると、池瓢のひとり息子で新六というのが小照目当てに通っており、その男からの身請け話が持ち上がっているという。

「またしても新六か」

幸助が言うと、

「名前を使われただけやろけど、そいつが小照にご執心なのはほんまみたいやな」

伊之助は驚いたが、小照もまんざらではないらしい。というのは、新六も浄瑠璃が

好きで、しかも声がいいのだそうだ。

「伊之さんの声もええけども、新さんの声を聞いておると身も心も溶けてしまいそうになる。残念じゃが新さんに比べるとあんたは聞きおとりする」

声が自慢だった伊之助は、愕然《がくぜん》とした。このままでは新六に小照を取られてしまう。色を失った伊之助は、知り合いの萬十郎という医者に相談した。もともと小照と引き合わせてくれたのも萬十郎なのだ。

「役者が揃《そろ》ってきたな。――で、萬十郎は伊之助に、天狗に声を良くしてもらうことができる、と教えるのだろう」

と幸助が言うと、お福旦那はうなずき、

「そういうこっちゃ。萬十郎は、声はなんぼ薬を盛ってもようならん。天狗の術に頼るしかない。現に、竹本座のなんとか太夫もかんとか太夫も、皆、天狗に声を直してもろたんや、とかなんとか言われて信じてしもたらしい。伊之助は小照をつなぎとめたい一心で店の金を持ち出した。けど、それではまだ足らんので、客から預かった質草を持ち出して勝手に売り払いよった……」

そうしてようよう金をこしらえた伊之助だが、萬十郎の指示である船宿に出向くと、そこには天狗に声を良くしてもらったという男が待っていた。たしかにすばらしい声だった。しかし、伊之助は天狗に鞍馬山に連れて行かれたものの、次兵衛と同じく金を取られただけで声を直してはもらえず、殴られたり蹴られたりしたあげく「首をくれ」とさんざんののしられ、ふらふらになって家に帰ろうとしたが、なかに入れてもらえない。

質屋にとって質草は商いのうえでもっとも大事なものである。ただの品ものではなく、信用と同じなのだ。武家からの預かりものなどは、金では弁済できぬ。しかたなく庚屋は伊之助を勘当したのだ。勘当は、久離ともいい、家から追い出すといった生易しい措置ではない。親子・親類の縁を切って義絶するだけでなく、その旨《むね》を町役などが町年寄や奉行所に届け出て「勘当帳」という帳面に記載する。そして、その家の人別から抜くのである。つまり、無宿者になるのだ。人別に載っていないものはまともな長屋に住むこともできず、商売をすることも、どこかに勤めることもできない。

絶望した伊之助は、天狗に言われた「首をくれ」という言葉に従って、天狗の面をかぶったまま、店の裏手にある銀杏《いちょう》の木にぶら下がった。庚屋は、外聞をはばかってひそかに死骸を葬り、町名主へも病死として届け出た、という。

「わたいははじめ、小照の朋輩の芸子から、そういう悪い噂がある、と教えてもろたのや。けど、なんの証拠もないさかい、それから毎日、少しずついろんなひとに話を聞いていくうちに、庚屋のお内儀が伊之助の遺書を持ってるとわかった。死ぬまえの走り書きやったけど、だいたい今言うたようなことが書いてあった。お内儀は、勘当はしたものの、息子をたぶらかして金を巻き上げ、ついには自害させた連中にごっつう怒ってたなあ」

「そりゃそうだろう。病《やまい》で死んだことにしてあるから、町奉行所に訴えることもできぬ。たとえ届けても、自業自得だ、と言われるだけだろう」

「そこが悪い連中の付け目やろな」

「悪事に加担している、とはっきりしているのは、小照と萬十郎という医者、由太郎と名乗った男、それに天狗に化けた連中……ということになる。新六と船宿の女将は巻き込まれただけだと思う」

「けど、まだようわからんとこがあるで。なんで次兵衛と伊之助は宙を飛んで鞍馬山へ行った、と思い込んだのやろ。それに、天狗に言われるがまま首を吊ろうとするやなんて……ほんまに天狗が一枚噛《か》んでるんやないやろな」

「天狗は山神だ。そんな悪いことはするまい」

「いや、天狗ゆうのはけっこう悪いやつやで。偉い坊さんを堕落させたり、この国に災いをもたらす相談をしたり……」

「そういう悪事はしても、町人から二貫、三貫の金を巻き上げるようなせこい小悪党みたいな真似はするまい、ということだ」

「ほな、人間さまがどうやって次兵衛と伊之助を飛ばしたんや」

「うちにある天狗の面は裏側の口でくわえるところになにか薬が塗ってあるようなんだ。これは俺の推量だが、阿片《あへん》かなにかだろう。船宿で飲んだ酒にも入れてあったんじゃないかと思う」

「なるほど。萬十郎は医者やさかい、手に入れやすいわなあ」

「阿片で頭が朦朧《もうろう》としているところに、『天狗たちに鞍馬山まで空中を運ばれる』と繰り返し聞かされたのでそんな幻を見たのだろう」

「ふーむ……目をつむってるさかい、声だけ聞いてたらそう思い込むかもなあ」

「目のまえに由太郎という男がいて、たしかに鼻が高い。だから、萬十郎の話をまことのことだ、と信じてしまった。そういうやつはすぐにだませる」

「悪いやっちゃなあ」

「一旦《いったん》、喜ばせておいてから急に心もとなくさせ、すがろうとしたものを潰《つぶ》して望みを失わせる……そのうえ阿片のせいで頭が変になっているから、『首をくれ』と再三心に刷り込んでおけば、ふらふらとその気になってしまう。まさしくくびれ鬼が憑いた、というありさまになる。自害してくれれば、手をくださずに後始末ができる。伊之助のときはうまくことが運んだが、次兵衛は天井の梁が折れたせいで助かった……というわけだ」

お福旦那が珍しく拳を握り締めて、

「医者やさかい、ひとの気持ちを操ることを心得とるのやな。許せん……」

「でも、その医者は博打の借金の穴埋めのためにやっているのだろうが、小照という芸子はなんのためにそこまで金を欲しがっているのだろう。身内に病人でもいるのか」

「わたいの聞いた話では、あの子はおのれの器量や才覚は新地の芸子なんぞで収まる器やない、どこかのお大名の妾《てかけ》になりたい……と始終言うとるそや。その渡りをつけるために金をばら撒いとるのやろ」

「玉の輿に乗りたい、というわけか。男の子でも生んだらそれこそお世継ぎのご母堂だからな」

「気持ちはわかるし、色里の女にだまされるやつが悪いのやが、首くらせるのはやりすぎや。——よっしゃ。これでだいたいのいきさつはわかった。——で、このあとどないしょ」

「あんたは小照という芸子を呼んだことがあるのか？」

「いや、ない。本丸を攻めるのは最後にしよう、と思うてな」

「ならば、こういうのはどうだ」

幸助はなにごとかをお福旦那にささやいた。

「ははははは……あんたもひとが悪いな。それで行こ。早速明日からやってみるわ」

「それがよかろう。――で、もうひとつ頼みだが……」

「わかってる。その次兵衛いう男に金を貸してやれ、言うのやろ」

「そうだ。少しずつでもかならず返させる。まずは店に穴埋めをせねば……」

「金のことなら任せとけ。でもなあ……こっそり戻して、知らん顔するのか」

「でないと、山崎屋の主は使い込みを怒って次兵衛を首にするだろう」

「とはかぎらんで。ここは事情を話して謝ったほうがええんとちゃうか」

「許してくれるだろうか」

「わからん。わからんけど、そうするのがひとの道やろ」

「ははは……あんたにひとの道を説かれるとは思わなかった。だが、そのとおりだ。

次兵衛には一部始終を話して謝らせ、そのうえで許してもらえなかったらあきらめてほかの仕事を探させよう」

「けど、次兵衛が店に戻ったら、首を吊ってないことがわかってしまう。天狗連中は口封じにかかるかもしれんで」

「うーむ……そうだな……」

幸助はしばらく考えたすえ、

「ちょっと思いついたことがある」

そう言ってにやりとした。

◇

翌朝、幸助は次兵衛を家に呼んだ。

「どうだ。死ぬ気は失《う》せたか」

次兵衛はうなだれ、

「へえ……そんなおとろしいこと、ようしまへん」

「小照のこともあきらめがついたか」

「すっかりあきらめました。わては頭が変になってましたんやな。わてのような奉公人が、新地の太夫と添えるわけがない。だまされとりましたわ」

「小照を恨んでいるか」

次兵衛はかぶりを振った。

「とんでもない。ああいう女子はだますのが仕事。ええ夢見せてくれた、てなもんだすわ。わてがアホでしたんや」

「それを聞いて、俺も安堵《あんど》した」

「けど……ひとつだけ心残りなのは主のことだす。このままわてが店に戻らんかったら、町役通じて町奉行所に届け出はると思います。お調べが進んだら、金が足らんこともわかるはずだす。主人はきっと、わてに裏切られたことを嘆きはるやろ、腹を立てはるやろ、情けのう思いはるやろ……そう考えると、また死にとうなります」

「それは困るのでな……」

幸助は、丁銀、小粒銀合わせて四貫目ほどを次兵衛のまえに置いた。

「こ、ご、こ、これは……」

「もちろん俺の金ではない。さる有徳な御仁に借りたのだ。その御仁は裕福ゆえ、これからおまえが店に戻って必死に働き、その給金のなかから少しずつ返してもらえればよい、と言うておられる。だから、この金を店に戻すのだ」

「こっそり戻せるやろか……」

「こっそりではない。ちゃんと主にことの次第を話して、詫《わ》びを入れたうえで返すのだ」

「そ、そんなことしたらたとえ金は返しても、わての信用は地に落ちます。きっと首になると思います」

「そこは真心をもってそれこそ死ぬ気で謝れ。番頭にとどまれないならば、手代、いや、丁稚からやり直す……そういう覚悟で頼み込め」

次兵衛はしばらく考えていたが、

「わかりました。わてみたいなもんにこんな大金を貸していただけるやなんて、ほんまにありがたいことだす。帰参が叶わなんでも、とにかく主に謝ってみます。——でも……お店に帰るのが怖いなあ……。主の顔をまともに見られるやろか……」

「心配いらぬ。山崎屋の主ならもうじきここに来るはずだ」

「ええっ！」

次兵衛はひっくり返りそうになり、

「なななんでだす？」

「今朝、この瓦版を山崎屋の近くで配ったからだ。俺が知り合いの瓦版屋に頼んで作らせた」

　幸助は一枚の瓦版を次兵衛に見せた。そこには、「天狗衆集ひて大店の番頭をかどわかし首吊らすこと」という題に続いて、昨日、天満のとある大店の番頭が天狗にたぶらかされて大金を奪われ、そのことを恥じて天満宮近くの桜の木で天狗の面をかぶって首を吊った、近所のものが何人もその光景を目撃した、しかし、そのあと天狗が持っていってしまったのか死骸が忽然《こつぜん》と消えてしまった……そんな噂があるが、真偽《まご》のほどは判然としない、もし子細をご存知のかたがいるなら、福島羅漢まえ読売生五郎《ろう》までお知らせを……という内容が面白くおかしく書かれていた。その横には、羽の生えた四、五人の天狗が商人風の男を持ち上げ、空高く飛んでいる絵が描かれている。

「この男の身なりは……」

「そうだ。おまえの着物と同じだ。顔も似ているだろう」

「似てます似てます。この絵描いたのはよほどの名人や」

「俺が描いたのだ」

「ひえっ……あんた、筆作りの職人やと思たら、絵、上手だすなあ」

「俺の本職は絵師だ」

　幸助はしげしげと瓦版に見入り、

「上手《うま》いわあ。小照の絵も上手いと思てたけど、あんたのほうがずっと上手いわ」

「おまえは小照が描いた絵を持っているのか？」

「へえ。お店のわての部屋の葛籠《つづら》の底にしもてあります」

「俺に見せてくれるか」

「へえ。差し上げてもよろしいで。今となっては、なんであんな絵欲しかったんかわかりまへんわ」

そのとき、

「かっこん先生、いてはりまっか」

ずかずかと踏み込んできたのは瓦版屋の生五郎だ。

「おお、来たか。——どうだ」

「連れてきとりまっせ」

幸助はうなずいた。意味を悟った次兵衛が青ざめて震えだしたので、押し入れに隠れているように指図した。ほぼ同時に上品な身なりをした恰幅《かっぷく》のよい商人が入ってきた。

「すんまへん、葛幸助先生だすか」

「いかにも」

「お初にお目にかかります。天満で茶問屋を営んでおります山崎屋庄左衛門と申します。今朝早うにこの読売を目にしましたのやが、ここに書いてある番頭というのが、もしかしたらうちの一番番頭の次兵衛のことやないかと思いましてな。というのも、次兵衛は昨日から店に帰ってきてまへんのや。これまで遅うなることはあっても、戻らんということは一遍もおまへなんだ。それに、この絵の男が、顔といい着てるものといい、次兵衛にそっくりだす。えらいこっちゃ、とあわてて店を飛び出して、あちこちたずね歩いてようよう生五郎さんのところを探し当てましたのやが、生五郎さんは葛先生に頼まれて、言われたとおりに瓦版を作っただけやとおっしゃる。――もし、次兵衛のことでなにかご存知なら教えとくなはれ」

「次兵衛のことが心配か」

「そらもちろんだす。十《とお》のときから奉公に来て、今やうちの心柱。大事の番頭だす。あの男がおらなんだら、山崎屋は回りまへん。読売には、首くって死んだ、てなことが書いてありましたけどわしにはとても信じられまへん。それに、天狗にたぶらかされた、というのも悪洒落だすやろ。ほんまのことを教えてほしいんだす」

幸助は、庄左衛門の顔をじっと見つめ、

「次兵衛はまことに首をくくったのだ。この家の梁でな」

「ええっ。ほな、もうこの世のものでは……」

「ところが梁が折れて、助かった。見てくれ、これを」

幸助は天井を指差した。

「あははは……さっきからえらいことになっとるなあ、とは思とりましたのやが、言うのも失礼やと思て黙っとりました。ほな次兵衛は無事ですのやな」

「そういうことだ」

「ああ、よかった。それを聞いて安堵しました。で、次兵衛は今、どこにいとりますのや」

「そこだ」

幸助は押し入れを指差し、

「おい、心柱、出てこい」

押し入れの戸が開いて、全身に汗をびっしょり掻いた次兵衛が飛び出してきた。庄左衛門は笑って、

「世間はもう秋やけど、押し入れのなかはまだ夏のようやな」

「旦さん、すんまへん！」

次兵衛は蛙《かえる》のように庄左衛門のまえにはいつくばると、頭を床にこすりつけた。

「取り返しのつかんことをいたしました。お店のお金に手ぇつけてしまいました。番

頭として一番やってはいかんことだした。すんまへん……このとおりお返しいたします」

次兵衛はその場に、幸助から渡された銀を並べた。庄左衛門はうなずくと、

「知っとったで」

これには幸助も驚いた。もっと驚いたのは次兵衛で、

「だ、旦さん、わてが帳面に穴あけたこと……」

「気づいとった。近頃のおまはんの態度がどうにも合点がいかんのでな……付き合いやなんやと言うては夜遅うに帰ってくる。ときには朝帰りすることもある。わしは年寄りで耳ざといさかい目が覚めてしまうのや。あんまりそれが続くもんやからひょっとして……と思てあんたのおらんあいだに帳面とあんたの部屋を調べさせてもろた。そしたら金と帳面が合わんうえ、葛籠の底からこういうもんが出てきた」

庄左衛門がふところから出したのは十数枚の絵だった。

「うひゃあ……」

次兵衛は顔を真っ赤にした。

「小照という新地の芸子がこういう絵を座興で描いて、それを客が争って買う、という話はわしも聞いてる。ひと目見て、おまはんがなににはまっとるかすぐわかった。

帰りを待って説教しようと思とったが、帰ってこんかった。まあ、生きててよかったわい」

「すんまへんだした。死のうと思いましたのやが、こちらの先生に救うていただきました」

「そうか……」

庄左衛門は幸助に向かって両手を突き、

「うちの番頭がお世話になりました。おおきにありがとうございました」

「いや、俺はなにもしていない。礼なら梁に言ってくれ」

「あははは……面白いおかたや」

庄左衛門が、話せばわかる人物であると見てとった幸助は、次兵衛がいかにして茶遊びに引きずり込まれ、抜き差しならぬ状況に追いやられ、しまいにとんでもない目に遭わされるに至ったかを簡単に説明した。

「そうだしたか。ひどいやつらに魅入《みい》られたもんやな。あの萬十郎という幇間医者はろくなやつやない、とは思うとりましたが、薬を使うてひとに首をくらせるとは恐ろしいことだすなあ」

庄左衛門が言うと次兵衛も、

「わても、あの面にそんなからくりが仕込んであったとは今はじめて聞きました。そない言うたら、あの由太郎ゆう男、妙にしつこう酒を勧めてきたさかい、おかしいな、とは思いましたんや。あいつら、やっぱりほんまもんの天狗やなかったんか……」

「天狗になってたのは、次兵衛、おまえだけやったみたいやな」

「お恥ずかしいかぎりでおます。ああ、このまま消えてなくなりたい」

「ところで次兵衛、このお金はだれに借りたのや」

「それもこちらの先生でおます」

「なんやて？」

庄左衛門は家のなかを見回し、

「失礼ながら、これだけのお金をお持ちとは……」

「いや、もちろん俺も、ある御仁から借りたのだ」

庄左衛門は感心したように唸《うな》ると、次兵衛に言った。

「次兵衛や。おまはんに見所があると思うたさかい、皆さんがお力を貸してくださるのや。こういうかたがたはあんたにとって宝やで。よう覚えときや。――で、こちらの先生とはいつからの知り合いなんや」

「昨日はじめてお会いしました」

「ええっ……！」

　庄左衛門は幸助に顔を向けると、

「あんさんもそのお金を貸してくださった御仁も大胆というかアホというか……たいしたおひとでおますなあ。今の世のなかにも豪傑が残っとるとは知りまへなんだ。わしなんぞまだまだや。――次兵衛、このお金は葛先生にお返し申せ。おまはんもどうせちょっとずつ返していくなら、わしに直《じか》に返していく方が楽やろ」

「えっ……？　ほ、ほな……」

「明日から、と言いたいところやが、今日からしっかり働いてもらうで」

　次兵衛は涙を流しながら、

「おおきに……おおきに……。丁稚からやり直させてもらいます」

「アホなことをこれ。丁稚には丁稚の役目があるし、手代には手代の、番頭には番頭の、そして主には主の役目があるのや。丁稚に番頭は務まらんのと同様、番頭も丁稚の代わりはでけんのやで。あんたには番頭の役割をきちんと果たしてもらいます」

「へ……」

　幸助が庄左衛門に、

「そのことなんだがな、次兵衛を店に戻すのはしばらく待ってもらえぬか」

「どういうことでおます？」

「次兵衛をはめた連中は、最後に首をくくらせるつもりだったのだ。もし生きているとわかったら、口封じをしようとするかもしれん」

「町奉行所にそいつらの悪事を届け出たらどないだすやろ」

「証拠がない。天狗の面のことも知らぬ存ぜぬで押し通されたらおしまいだ。もっとたしかな証拠をつかむまで、やつらを泳がせておきたい。それには、次兵衛が死んだことにするのが一番なのだ」

「ははあ……それでこの瓦版を……」

「そういうことだ。これを読んだら、やつらは次兵衛が死んだものと思うだろう。少なくとも行き方知れずになった、と考えるはずだ」

「なるほど。――先生、あんさん、頭よろしいなあ。なんでこんなボロボロ……いや、つつましい長屋にいてはりますのや」

「ほっといてくれ」

「ようわかりました。ほな、次兵衛はこちらへお預けいたします。うちの大事な一番番頭ではおますけど、存分にこきつこうとくなはれや」

「それはもちろんだ」

山崎屋の主は、しつこいまでに「次兵衛をよろしく頼む」と繰り返して帰っていった。

「おい、いい旦那ではないか」

「そうだすねん。わてはあんなええ旦さんを裏切って……ああ、なんちゅう罰当たりなことをしたんやろ」

「世の中、罰当たりなことほど面白いのだから仕方がない。――すまんがさっきの絵を俺にも見せてくれ」

次兵衛に手渡された十数枚の絵を幸助は順番に見ていった。竜田川を埋め尽くす紅葉の絵、沼地で餌をついばむ鷺《さぎ》の絵、瓢箪《ひょうたん》でナマズを押さえようとする禅画など、色鮮やかに仕上げられている。生五郎が覗《のぞ》き込んで、

「へー、自慢するだけあってなかなか上手いやおまへんか」

幸助は笑って、

「そうだな。座敷で客を喜ばせる余芸としてはよく描けているとは思うが、手本をなぞっているだけだから師である岡沢麦秋斎殿を越えることはできぬ。俺は、麦秋斎殿に二度ばかりお会いしたことがあるが、あのかたはこんな小手先の絵はお描きにはならなかった」

次兵衛は、

「けど、小照は、そのへんのしょうもない絵師より私のほうがずっと上手い、一度本職の絵師と勝負をしてみたい、て言うとりましたで」

「おのれの腕というのはおのれには見えにくいものだ」

「先生はどないだすのや」

次兵衛がたずねると、生五郎があわてて、

「失礼なことをきくのやない。上手かったらこんな長屋で貧乏暮らししてはるかいな」

「おまえのほうがずっと失礼ではないか」

「ほんまや。すんまへん」

「まあ、俺も下手では人後に落ちぬ。亡くなった父からは『見たままを描け』といつも叱られていた。俺は、絵を描くのは好きだが、上手く描こうとは思っていない。見たままではなく、心に感じたままを描くのだ。だから、俺の描く虎は虎に似ていない。商売にはならん」

次兵衛が、

「そんなことおまへん。先生はお上手だっせ。この瓦版の絵には感服しました」

「瓦版は商売なので、読むものにわかるように描いているだけだ」

「いやいやご謙遜《けんそん》……。天狗もどこかの番頭もまるで生きてるようだす。ほれ、絵に描いたネズミに魂《たましい》が宿って抜けて出る、ゆう話がおますやろ」

「ははは……絵は絵だ。絵に魂が宿ってたまるものか」

幸助はそう言いながら壁に掛けてある付喪神《つくもがみ》の絵をちらと見た。

◇

ひとりになった幸助が筆先を揃えていると、一旦帰った生五郎が一刻ほどしてふたたびやってきた。

「今しがた、この読売に書いてあることはほんまか、てききにきた男がおりましたわ」

「どんなやつだ」

生五郎はにやりとして、

「柄の悪い、ごろん棒みたいなやつで、やけに鼻が高うおました」

「やはりそうか」

「わては見たわけやないけど、天狗の面かぶった首吊りはあったらしいで、店では隠してるけどどうやら天満の茶問屋の奉公人らしい、て言うときました。そいつが天狗にかどわかされたゆうのはどこから種を取ったんか教えんかい、てすごむんで、船宿の女将が夜中に天狗の格好した連中を見たそうや、天狗つながりでそのふたつを合わせて面白おかしゅう書いただけや、て言うたら、あいつに見られてたか……とかつぶやきながら帰っていきよった。ああ、おもろ」

「これで、次兵衛は死んだということになったはずだ」

「それともうひとり、例の西町の古畑《ふるはた》ゆう同心が来よりました」

「ああ、あいつか」

古畑は、瓦版を生五郎に突きつけ、

「これを売ったのはおまえだな」

「へえ、そうだっせ」

「天狗の面をかぶった首くくりがあったのはまことか。町奉行所にはそのような届けは出ておらぬぞ。それに、天狗がかどわかした、というのはどういうことだ」

「なに言うてまんねん。ちゃんと書いてまっしゃろ。噂だす、噂」

「世の中を惑わす不届きな流言飛語は取り締まらねばならぬ。このようなものを配るなど許しがたい」

「はははは……これは、ほんまかなー、どやろかなー、ゆうところを楽しむための滑稽版だす。天狗がおるやなんて信じてるやつ、ひとりもいてまへんがな。――まさか、旦那は天狗がほんまにおると思てはりまんのか」

「そ、そんなわけなかろう。ただのおとぎ話だ」

「ほな、かまいまへんがな。あんまり杓子定規《しゃくしじょうぎ》なこと言うてたら、お頭《つむり》が禿《は》げまっせ」

「うるさい！」

古畑は怒って出ていった、という。幸助は、

「変な瓦版を作らせて悪かったが、これで此度《こたび》の仕掛けも上手くいくだろう。礼を言うぞ」

「なんのなんの、先生にはいつも無理聞いてもろてますし、なにもかも片付いたら、この一件、うちの瓦版で独り占めさせてもらいます。たぶん飛ぶように売れるやろ、と思いますさかいかましまへん」

「そう言ってくれると助かる」

幸助は頭を下げた。

2

数日後の夕方、お福旦那はいつものとおり曽根崎新地をちゃらちゃらとぞめいていた。一軒の茶屋の若い衆が揉み手をして、

「福の神の旦さん、今夜はうちでお遊び願えんもんだっしゃろか」

「そやなあ……登楼《あが》ってもええけど、鹿ノ紀の小照ゆう芸子を呼びたいのや。算段でけるか」

「鹿ノ紀の小照さまだすか。承知しました。呼べるかどうか聞いてきまっさ」

「おう、頼むわ」

しばらくするとその若い衆は戻ってきて、

「鈍なこって。小照さま、本日は萬十郎というお医者の先生の座敷で買い切りになっとるそうでおます」

お福旦那の目が光った。

「ほう……そらしゃあないな。その萬十郎さんとやらは、小照の情人《いろ》か?」

「そういうわけやないと思います。萬十郎さんは医者というても幇間医者で、あちこ

ちのお大尽に小照さまを取り持って、その花代から小遣いをもろとるのとちがいますやろか。今日も、胡弓院《こきゅういん》という線香屋の若旦那とご一緒やそうで……」

「ふーん、どこの店や」

「向かい筋の『大濱《おおはま》』だす」

「そうかいな。今日はあきらめて帰るわ」

「またお越し」

お福旦那は帰ることなく、大濱という茶屋に向かった。まえにも来たことのある店だった。開け放たれた二階の窓から嬌声が聞こえてくる。なかに入ろうとすると、横の路地に数人の男が手持ち無沙汰そうに立っているのが見えた。そのなかのひとりはやけに鼻が高い。どう見ても後ろ暗い職業の人間たちだ。お福旦那は気づかぬふりをしてなかに入った。

「女将、いてるか」

「まあまあ、これは福の神の旦那やおまへんか。えらいお久しぶりで……」

女将が、抱擁《ほうよう》せんばかりに迎え入れた。お福旦那ほど金を使う客はいない。それが入ってきた、ということは福が舞い込んできたのも同様なのだ。

「二階、えらいにぎやかやないか。どこの旦那や」

「へえ、平野町の大きな線香屋さんの若旦那でな、お医者の萬十郎先生のご紹介で今日、はじめて来はりましたんや」

「芸子、舞妓はだれが来てる？」

「小照さま、ちょね三《ざ》さま、ほほ奴さま……」

「なんやて、小照？　えらい評判のええ芸子やないか」

「そうだすなあ。別嬪やし、頭もええし、なんでもこなすし、そのへんの女郎とはまるで違います。そのかわり花代もごっつう高おまっせ」

「そうか。わたいもまえから一遍、ご尊顔を拝し奉りたいと思とったのや」

お福旦那は腕組みして、

「なあ、女将。ものは相談やがその若旦那と一座させてもらえんやろか。もちろん小照は譲る。端のほうで一杯飲ませてもらうだけでええのや」

「けど、知らん同士で一座ゆうのも……」

「顔つなぎで今日の払いはみなわたいが持たせてもらうで」

そう言いながらお福旦那は女将の手にそっと小粒を握らせた。

「さよか。ほな、ちょっときいてきますわ」

女将としても、せっかくのお福旦那のご入来を逃したくない。その一心でくどいた

のだろう。しばらくすると早足で降りてきて、

「うまいこといきました。萬十郎先生も、ぜひとも、て言うてはります。どうぞどうぞ」

「手間かけたな。ほな登楼らせてもらうわ」

女将にもうひとつ小粒を握らせ、若い衆の案内でお福旦那は二階へ上がった。座敷に入ると宴はもうたけなわで、三味線が鳴り、舞妓が踊り、きれいどころが酌をしている。真ん中に座っているのはひょろりとした青白い顔の若旦那で、彼にしなだれかかっている若い女が小照だろうと思われた。その隣の男が立ち上がると、

「これはこれは、福の神の旦那さん……お噂はかねがね耳にしとります。新地を毎晩荒らしまわってはるそうで、一度御意を得たいと思とりました。ささ、どうぞ、さささ、真ん中へ……」

「アホなことを。今日の正客はこちらの若旦那はんだすやろ。わたいは端のほうで盃なめときますわ」

「正客やなんてとんでもない。このひとはこういう遊びのことはなにもしらん、抹香臭い線香屋の朴念仁。それこそ端のほうで飴《あめ》でもなめさせときまっさ。高名なお福旦那を下座に座らせたら罰当たる。どうか上座へ座っとくなはれ。——おい、若旦那、

あんたはそっちに移りなはれ。このおかたがどなたか知らんのか。控え控え。恐れ多くも新地の福の神、お福旦那や。——小照もなにをぐずぐずしとんのや。早うお福旦那の横にはべらんかいな」

若旦那の隣にいた芸子がお福旦那の真横に来ると、

「鹿ノ紀の小照と申します。主さんのことは朋輩衆から噂に聞いて、会いたいものじゃと思うていたが、今宵《こよい》その念願が叶いました。おひとつどうぞ」

「お、すまんな」

お福旦那が盃を差し出すと、小照はとろりとした流し目でお福旦那を見やり、

「まあ、好いたらしいええ男はん。私はもうとろけるようじゃわいな」

線香屋の若旦那が口を尖《とが》らせて、

「なんや、小照。わいのことをええ男、てさっきは言うとったやないか」

「おまえさまもええお顔じゃと思うたが、福の神の旦さんを見たら格が違うた。まことの男まえとはこちらのことじゃ」

「そんなん嘘つきや」

ぼやく若旦那を無視して小照はお福旦那の相手をする。では、ほかの芸子、舞妓たちが代わりに若旦那の側《そば》に行くか、というと、皆、お福旦那にまとわりついて離れな

い。少しでも「福」、つまり金をもらおうと目の色を変えている。小照は、

「これ、ちょね三さま、ほほ奴さま、私の代わりに若旦那の相手しておくれ」

「それは小照さまがずるおます。ええとこばかりご自分で取ってしもて、わてらには
カスばかり残しやる。なんぼなんでも勝手が過ぎませぬかえ」

「ほほほ……あんたがたにはそれが似合いじゃ。私とみなさんでは位が違い申す」

「まあ……なんという言いようじゃろう。なんぼ小照さまでも言うて良いことと悪い
ことがありましょう」

しかし小照は朋輩衆の非難の目を気にもせずお福旦那に酌《しゃく》をする。萬十郎も、

「お福旦那は小照に任せて、おまえがたは離れておれ。さあさあ……」

お福旦那もまんざらではない顔で酒を飲みながら、

「聞いた話では、小照、あんたは芸達者やそうやな」

「そんな噂がお耳に入ってなさるか。恥ずかしやの。多芸なだけでどれもこれも未熟
なものばかりじゃわいの」

「なかでも絵が得意やとか」

小照はにこりとして、

「絵だけはひとさんに負けんぞえ。この内掛けの絵も私が描いたものじゃ。名の知れ

た絵師でも、私より腕の劣るものはいくらもおる」

「おお、たいそうな自信やな。今度、ぜひともその絵を拝見したいもんや」

「私の絵が所望とはうれしいが、高うつくぞえ」

「はっはっはっ……わたいはこれでも絵の目利きやで。楽しみにしとるわ」

お福旦那は立ち上がった。

「厠《かわや》だすか」

「いや、帰るのや」

「そんな……まだ来たばかりやおまへんか」

「いやいや、あとから割り込んだわたいが悪いのや。今日は萬十郎さんとの顔つなぎもできたし、まえから焦がれてた小照の顔も見られた」

「まあ、私に焦がれていたなどとは口上手、口説き上手。私は本気にするわいな」

「ははは……本気になっとおくれ。また近いうちに裏返すさかい、これで去ぬわ」

「え？　もうお帰りとな。それは愛想の薄い……」

「かまへんかまへん。今日はそちらの若旦那にせいぜい尽くしてやっとくれ。また来るわ」

そう言ったあと、

「急にやってきて、無粋な真似をしてすまなんだ。そのお詫びや」

ふところから金をつかみ出した。

「みなで分けてや」

芸子、舞妓、幇間、禿《かむろ》にいたるまで祝儀を渡し、意気揚々と階段を降りる。

「え？　もうお帰りだすか」

女将が驚いて、

「なんぞ粗相でも……？」

「いやいや、そやない。小照と会えて満足したさかい帰るのや。今日のところはこれであんじょうしといて」

財布から金を取り出し、

「足りるか？」

「足りるもなにも、かなり余りまっせ」

「余ったらあんたの小遣いに取っといて」

「お、おおきに。あー、やっぱり旦さんは福の神や。ありがたやありがたや。あーら、ありがたやありがたや。なまいだぶなまいだぶ」

女将はお福旦那を拝みはじめた。

◇

十日ほど後の昼過ぎ、幸助は空腹を抱《かか》えて横になっていた。筆は納品してしまったし、亀吉がつぎの材料を持ってくるまではすることがない。金もないし食べるものも酒もない。家主のところには昨日食べにいったところだ。次兵衛は、幸助の言いつけを守って、あれ以来家から出てこない。食事は隣近所のかかむら屋（女房たち）が交代で運んでいるらしい。自分たちが食べるのもやっとだというのに親切なことであるが、

「あのひと、ちょっと男前やろ。ほっとかれへんのや」

「そうそう。ここで恩を売っといたらなんぞええことあるかもしれん」

いろいろ算盤をはじいてのことらしい。その証拠に、幸助にはなにも持ってこない。

幸助はあくびをして、

「まるでやることがない……というのはまるでやることがないもんだなあ」

だれに聞かせるともなくそうつぶやくと、老人姿の厄病神が、

「なにをわけのわからぬことを申しておる。手持ち無沙汰ならば絵の稽古でもしたら

よかろう」

「ううむ……どうも気が乗らぬ。描きたい、という気持ちが降りてこぬ」

「えらそうに抜かすな。おのしのような木っ端《こっぱ》絵描きは描いて描いてまた描かねば腕は上がらぬ」

「おまえに絵師のなにがわかる」

キチボウシは笑って、

「我輩は絵師ではないが、おのしは我輩ではないのだから、我輩に絵師のことがわかるかわからぬかはわかるまい」

「ほう、荘子か。学があるな」

「あたりまえぞよ。我輩は神じゃわい」

「俺も貧乏神だから神だ」

情けない……と幸助は思った。暇過ぎて、厄病神と馬鹿話をするしかないとは……。

（こいつの言うとおり、久しぶりに絵の稽古をするか……）

そんなことを思ったとき、

「ごめんなはれや」

入ってきたのはお福旦那だった。キチボウシはあわてて小動物の姿に変じ、部屋の隅に縮こまった。

「今、お手すきか？」

「見てのとおりだ。手すきも手すき。暇過ぎて、絵でも描こうかと思っていたところだ」

「絵があんたの本職やろ」

「近頃はちぃとも描いておらぬからなにが本職か忘れてしまった」

「その本職を思い出すときがやっと来たで」

「お、首尾よくいってるのか」

「小照はしっかり食いついとる。まあ、向こうはわたいが食いついとると思うとるやろけどな。この十日ほどのあいだにかなり金使うたでぇ」

「あんたが『かなり』というのだから、よほどだろうな」

「さいな。萬十郎は線香屋の若旦那を籠絡《ろうらく》するつもりやったみたいやけど、わたいが金で押しのけてその席に座ったわけや。若旦那はえろうぼやいてたけど、天狗にさらわれて首くくるのを救うてやったのやさかい、文句を言われる筋合いはない」

「そりゃそうだ。あんたはなにかおだてられてることがあるのか、顔がいい、とか、声がいい、とか……」

「それはないな。おだてんかて、わたいがなんぼでも金出すからとちがうか」

「で、いつやる」

「今夜や。今日あたり、一服盛られるような気がするのや」

「それはどうして？」

「妙な作り話をされたのや。小照の枕もとに日ごろ信心してるナントカ観音が立ったらしい。わが像を作って一心寺に奉納すれば生涯病気せず幸福に過ごせること間違いなし、疑うことなかれ……と言われたそうな。その像を作るにあたって江戸の有名な仏師に頼みたいが、それには三百両いる。ひとのお金で作ったら信心にならんさかい、くれ、とは言わん、貸してほしい。少しずつでも返していきます……とな。それで今夜、持っていく、という約束になっとるのや」

「なるほど」

「鹿ノ紀に言うて、小照の身体は押さえてある。医者の萬さんも呼んでええか、て言われたから、かまへん、て言うてある。――あとはあんたや」

「よし、わかった。支度しよう」

「けど、あんた、ほんまに小照より絵上手いんやろな。わたいが見てるかぎりあの子はかなり達者やで」

そう言いながらお福旦那はふところから紙の束を取り出し、幸助に手渡した。

「いらん絵をぎょうさん買わされたわ」

受け取った幸助はそれらに目を走らせ、

「相変わらず小ぎれいな絵だな」

お福旦那はため息をつき、

「わたいは絵の目利きゆうことになっとるけど、まるでわからんのや。上手いことい
くやろか」

「なんとかなるだろう。こういうことは時の運だ」

「それでは困るがな。あんた、気楽やなあ」

「はははは。あまりほめるな」

「ほめてないがな」

お福旦那はもう一度ため息をついたあと、

「それとなあ、小照を店に呼ぶと、かならずその店のまわりに何人か、ごろつきみた
いなやつがうろつきだすのや。二階から見てたらようわかるで」

「ごろつき……？　なにか揉めごとがあったときの用心棒代わりかな」

「そのうちのひとりは鼻がやたらと高い」

「ははあ……。天狗連中というわけか。今日も来るかな」

「来るやろなあ……」

◇

夕景小前《こまえ》、幸助は絵の道具を持って家を出ると、弘法堂に向かった。暖簾をくぐると、亀吉が目ざとく見つけ、

「あっ、びんぼー神のおっさんや!」

一番番頭の伊平《いへい》が腰を浮かして一礼し、

「先生、先だってはありがとうございました。今日はなんのご用事でおますか」

盗賊に狙われた弘法堂を、幸助とお福旦那が救ったことで、伊平と主の森右衛門《もりえもん》は幸助に絶大な感謝をしているのだ。

「うむ、ちょっと借りたいものがあってな」

「お金だすか。先生ならなんぼでもご用立てしまっせ」

「そうではない。——着物を借りたいのだ」

「着物?　そらまたどうして」

「これから行かねばならぬ場所がこの格好では入れてくれぬのだ」

「よろしおます。——亀吉、御寮《ごりょう》さんに言うてな、旦さんの一番上等の着物と帯、羽織袴《はかま》に足袋まで一式出してもらえ」

「えっ？　そんな上等なもん、びんぼー神のおっさんに貸しますのん。大丈夫やろか。貸すのやったら、安もんのほうが安心……」

「アホ、失礼なことを言うな。早う行きなはれ！」

亀吉もわかって冗談を言っているのだ。

「へーい」

奥に駆けていった亀吉はすぐに戻ってくると、

「御寮さんが、先生に奥の間で待っててもろてくれ、先生のほうが旦さんより背ぇ高いさかい、丈を直しまひょか、と言うたはります」

「いや、そこまでしていただかなくともよい。なんとか合うだろう」

幸助が指示されたひと間に入り、茶を飲みながら待っていると、女中が着物一式を持ってきた。着替えて、部屋を出る。

「うわあ、馬子にも衣装やなあ！」

亀吉が失礼極まりない言葉を吐いたが、幸助は苦笑して、

「俺もそう思う」

番頭がとりなすように、

「よう似合うてはります。あつらえたみたいや」

あとから鶴吉《つるきち》が履きものを持ってきた。それに足を乗せ、

「すまんな。主とお内儀によろしく伝えてくれ。たぶん明日には返せると思う」

「お返しはゆっくりでけっこうだす」

しゅっとした姿になった幸助が店から出ていくのを、鶴吉や寅吉《とらきち》といった丁稚たちはぽかんとした顔で見守ったが、亀吉だけはちょっと誇らしげな顔つきだった。

曽根崎新地に着くと、いつもは鼻もひっかけてこない遣《や》り手や若い衆が、

「案内いたしましょう」

「どうだす、登楼《あが》りまへんか」

「ええ子がいてまっせ」

入れ代わり立ち代わり袖を引きにくる。

「すまんが、店が決まっているのでな」

そう言って追い払い、まっすぐに大濱を目指す。横の路地をちら見すると、なるほど数人のヤクザ風の男が暇そうにぶらぶらしている。小照と客とのあいだになにかい

ざこざがあったときに登場する連中だろうと思われた。

店に入るとすでに話が通っていたとみえ、女将がていねいに挨拶して、

「福の神の旦さんから話はうかごうとります。おふたかたは先に来ておられます。狭いところですんまへんけど、行灯《あんどん》部屋でしばらく辛抱してもらえますやろか」

「かまわぬ」

行灯部屋というのは昼のあいだ行灯を置いておくための場所で、夜は行灯が出払うため、広々としていた。幸助はなかに入ると、持参した酒をふたりの先客とともに飲み始めた。

◇

お福旦那と萬十郎というたったふたりの客が一番大きな座敷を占領していた。呼ばれた芸子、舞妓たちは小照を筆頭に、ちょね三、ほほ奴、かな吉、留松……といった馴染《なじ》みの面々で、数人の禿も控えていた。

「主さん、約束の品、持ってきてくだすったか」

お福旦那はポン！　と腹を叩き、

「心配いらん。ここにちゃあんと入っとる。おまえの信心に役立つならわたいもうれしい。貸すというたかて、あるとき払いの催促なしや」

小照は婉然《えんぜん》と笑い、

「それではご利益を主さんに盗られてしまう。きちんきちんと返しますぞえ。――で、今日はなにしてお遊びなさる？」

小照が言うとお福旦那は、

「今日も絵を描いてもらおか。あれが一番酒が進むのや」

「ええわいな。けど、私の絵は高うつく。あまり無駄な散財したら、いずれ私が主さんの家に入ったときに私が困る。財布の紐はしっかり締めておきなんせ」

萬十郎が笑って、

「小照、すっかり女房気取りやないか」

「あたりまえじゃわい。私のほか、だれが主さんの嫁になれよう。言うては悪いが、そこにおられる有象無象の端女郎《はしたじょろう》のうちに主さんにふさわしいものはひとりもおらぬぞえ」

ほかの芸子、舞妓たちはむっつりして目を逸《そ》らす。

「相変わらず口の悪いやつやな」

「主さん、まずはお口を濡《ぬ》らしなんせ」

「ああ、すまんな。――おまえも一杯いこか」

「それが今日私は、死んだ母親の命日で精進日。悪いが生臭《なまぐさ》とお酒はいただけぬ。このお酒は主さんのために私が取り寄せた珍しき銘酒ゆえ、主さん、存分にお飲みなされまし。――これは主さんだけの酒。萬さん、あんたは飲んだらあかんぞえ」

お福旦那はひと口すすり、

「ほほう、そない言われるとたしかにいつもと味が違うような気もするな。美味いやないか」

「主さんが喜んでくださると、私もうれしいわいな」

「――ほな、描いてもらおか。今日はなににしよ」

「主さん、竜はいかがじゃ。勢いが良うて、黄金色で、お金持ちの主さんにふさわしいと思うわい」

「竜か。ええな。楽しみや」

「金泥や金箔《きんぱく》を使うゆえ、いつもより値が張りますぞえ」

「かまへんかまへん。ええ絵になるんやったらなんぼでも出すで。――けど、小照ほど上手い絵師は本職のなかにもおらんやろなあ」

「えらそうなことを言うようじゃが、私もそう思うぞえ。本職の絵描きと一度絵の勝負がしてみたいわいな」

「まえもそんなことを言うとったな。わたいもぜひ見てみたいわ」

小照は禿のひとりに命じて、絵の道具を階下に取りにやらせた。おそらく今夜もお福旦那から絵の注文があるだろう、と持ってきているのだ。小照が振袖にたすきをかけて支度を整えていると、階段を上ってくる足音が聞こえた。てっきり禿が戻ってきたのだろう、と顔を上げると、入ってきたのは若い男だった。侍髷《さむらいまげ》を結うており、武士のようにも見えたが、刀は差していない。萬十郎があわてて立ち上がり、

「なんや、あんたは。ここは福の神の旦那さんの座敷やで。ほかの座敷と間違うてるのとちがうか」

「いや、間違ってはいない。今、下に降りてきた禿から聞いた。こちらの旦那は絵が所望だそうだな。俺も絵描きだ。この場で一枚描くから買うてもらいたい」

萬十郎が目を吊り上げ、

「アホなことを。絵の押し売りかいな。この旦さんは芸子の描く絵を所望してはるのや。あんたみたいなどこの馬の骨かわからん絵描きの絵はいらん。興が冷める。さあ、出ていったり出ていったり」

しかし、お福旦那は言った。

「待て。おもろいやないか。——あんた、竜の絵、描けるか？」

「竜か。もちろんだ」

「よっしゃ、ほな、あんた、この芸子と勝負してみんか。勝ったほうにはわたいが賞金を出そやないか」

小照が、

「ちょ、ちょっと主さん、それはあまりに急なこと……」

「おまえもたった今、本職の絵師と絵の勝負がしてみたい、と言うてたとこやないか。まさかびびっとるんやなかろうな」

「私がなんでびびろうぞ。けど、座興やのうて真剣の試合。お座敷がしらけてはならぬと思うて……」

「いやいや、わたいはぜひとも試合を見たい。どうせおまえが勝つのやろ。そしたら、祝杯が一段と美味うなるやないか。賞金はおまえへの祝儀みたいなもんや」

ここまで言われるとあとには引けない。

「では……やらせていただくわいな」

ふたりは畳一畳ほどの大きな紙をお福旦那のまえに並べ、四方に重石《おもし》を置いた。ふたりのあいだには衝立《ついたて》が置かれ、互いの絵が見えないようになった。もちろんお福旦那の席からは両方が見えるのだ。

小照は十数種の絵の具や大小さまざまな筆を用意しながら、衝立越しに幸助に話しかけた。

「おまえさま、名はなんという」

「俺か。葛幸助だ」

幸助は墨を磨《す》りながら答えた。

「知らぬ名じゃ。号は？」

「葛鯤堂《かっこんどう》」

「画家番付にも載っておらぬ。住まいはいずれじゃな」

「福島羅漢まえの日暮らし長屋だ」

小照はあからさまに馬鹿にしたような笑いを浮かべると、

「名高い貧乏長屋じゃないかいな。あのようなところに住もうておるとは……瓦版の挿絵を描いておるような貧乏絵師の類であろう」

「当たった。俺の主な仕事は瓦版の挿絵だ。筆作りの内職で食うておる」

小照は「勝った」と確信したのか、もう自分から幸助に話すことはなかった。面相筆を使い、薄墨で下絵を描き始めた。すでに構図が頭に入っているらしく、逡巡《しゅんじゅん》することなくすらすらと筆を進めていく。一方、墨を磨り終えた幸助は腕組みをし、じっと紙を見つめている。まるで紙の裏側を見通そうとしているかのようだ。

しばらくすると小照は太筆で竜の輪郭の線を引き始めた。みるみるうちに紙のうえに巨大な竜が出現した。つづいて細筆で鱗《うろこ》を一枚一枚ていねいに描きこむ。髭《ひげ》やぎょろりとした目玉、太い角《つの》など主要な線を引き終えると、鋭い爪で雲をつかみ、天空に静止する竜の絵ができあがった。

「ほう……立派なもんやな」

お福旦那が思わずそう口走った。それぐらい見事な出来映えだったのだ。萬十郎も、扇子を出して小照をあおぎ、

「さすが大坂一の絵描きや。やんや、やんや」

と誉《ほ》めそやす。

「主さん、安堵しなんせ。今日は格別に良い出来じゃ」

小照も自分の絵に満足しているらしく、お福旦那に話しかける余裕を見せた。しかし、まだ幸助は目をつむって腕組みをしたままだ。小照は彩色に入った。さっき言っていたとおり、金泥や金箔をふんだんに使って豪華に仕上げていく。お福旦那は、固

まってしまったかのような幸助におずおずと声をかけた。

「そちらのおひと……葛幸助はんとおっしゃったかいな。まだ、ひと筆も描いてはらへんけど、早うせな小照はもう描き終えまっせ。竜が無理やったら蛇でもかまやせん。なんでもええから絵描きなはらんか」

萬十郎がせせら笑って、

「大きなことを言って入ってきたさかい、どれほど描けるのかと思たけど、とんだ山師やった。まあ、ええ趣向になったわ」

幸助は目を開け、

「見えた」

「――え？」

幸助は大筆を取ると、たっぷり墨をつけ、紙に叩きつけるようにしてなにかを描いた。無数の線。しかし、それはいつまでたっても「竜」の姿にはならなかった。ただの線の集まり。

「なんじゃそれは」

お福旦那が口にしたひと言に幸助は、

「さあ……」

と言ったきり、紙をべたべたと黒く塗っている。そして、

「できた」

そう言うと、紙から離れて全体を眺めた。

「できた、て……まだ色塗っとりゃせんがな」

お福旦那が言うと、幸助は赤い絵の具を適当に絵に投げつけると、その場にあった盃の酒をそのうえからぶちまけた。

「これでよい。俺はもう描けたぞ」

「なんじゃと？　私を馬鹿にする気か」

小照は立ち上がると、衝立のうえから幸助の絵を覗き込んだ。

「な、なに？　それが竜か」

「ああ、これが俺の竜だ」

小照は噴き出すと、

「話にならぬわえ」

衝立をみずから取り去ると、

「皆の衆、これが竜じゃと。私にはミミズの親玉かウナギの大将にしか見えぬわい。私の竜と比べるなど片腹痛いわいな」

萬十郎は笑ったがほかのものはだれも笑わなかった。ぎょっとしたような表情で幸助の竜を凝視している。それは異様な竜だった。竜……というより怪物である。墨一色で描かれたその怪物は、紙を黒々と埋め尽くし、のたうっていた。頭は身体と不釣り合いに巨大で、竜にあるべき角も髭もない。目玉もなく、ただの黒い洞穴のようなものが顔にふたつついているだけだ。珠《たま》をつかんでいるはずの四肢もなく、まさに巨大なウナギが黒雲のあいだから出現する場面のようだ。しかも、なぜかその竜はぬれぬれと黒光りしているように見えた。そこに赤い染料が血しぶきのように散り、凄惨《せいさん》な効果を上げていた。

お福旦那は半笑いのような顔つきでその絵を見据え、

「ほほう……」

と唸ったきりだった。小照は焦ったように、

「ささ、主さん、勝敗を決めなんせ。私の勝ちじゃろう」

「うーむ……そうや、と言いたいところやが、正直、わたいにはわからんわ。これまでは絵の目利きやと思とったけど、この絵のよしあしの裁きはわしには荷が重い」

「そんな……どう見ても私の勝ち。なんせこっちの竜は角もないし、髭もないし、手足もない。これは竜ではなかろう」

「けど……竜というのは化けもんや。もし、ほんまに竜がおったら、こんなやつかもしれん」

「竜の絵を描く勝負で、竜を描かんでは試合にならんわいな」

「けど、小照……おまえかて竜を見たことはないやろ」

「そ、それは……」

お福旦那は左右に控えていたほかの芸子、舞妓たちに向かって、

「おまえらはどう思う？　どちらが勝ちや？」

小照は皆をきっとにらみつけたが、ちょね三が胸を張って、

「わしはこちらの旦那の勝ちじゃと思う。小照さまの竜は雲のなかで止まっておるが、こちらの竜は動いているように見える」

ほほ奴も、

「ほんに……生きておるようじゃわい」

かな吉が、

「夢に見そうなほど怖い竜。こんな怖い竜、生まれてはじめて見たが、まことの竜というのはこれや、と言われたら、そうかと思うぞえ」

留松が、

「これに比べると、小照さまの竜は……金箔使うて、きれいやけどだれにでも描けそう」

「なんやと、おまえがた……」

小照は顔を朱に染めた。お福旦那が、

「小照、みながこない言うとるさかい、今日のところはおまえの負け、いうことでええか？」

「そうか、わかった。みなで示し合わせて、私を陥れるつもりじゃな。こんなところにはいられぬ。萬さん、行こ。これは計略じゃ」

萬十郎もお福旦那に食ってかかり、

「なんぼお福旦那でも、なにをやってもええわけやおまへんで。これは新地の法に触れまっせ。鹿ノ紀の主を呼んで話をつけまひょか」

そのとき、お福旦那の顔がこわばった。

「う……ううう……」

胸のあたりを押さえて呻《うめ》き出した。

「主さま、どうなすった？」

小照は言葉こそ心配げだが、その口もとは微笑《ほほえ》んでいる。

「な、なんや……頭がぐらぐらするのや。飲みすぎたわけやない、と思うが……気持ち悪い。めまいがする……」

「ひとの絵をくさすからじゃ。さあさあ、横になりなんせ」

小照が座布団を並べようとしたとき、座敷中の明かりが一斉に消えた。部屋は真っ暗になった。

「な、なんや、これは！」

萬十郎が叫び、小照も禿に、

「ちょっとだれか！　ろうそく点《つ》けなんせ！　早う早う！」

ひとつだけ明かりが灯《とも》った。小照が悲鳴を上げた。

「て、て、天狗！」

座敷のなかには、七、八人の天狗がいた。正確には、天狗の面をつけたものたちがいた。打掛けを着た女天狗が四人、まだこどもと思われる背の低い天狗が三人、大黒柱のまえに座って盃を持った天狗がひとり、そして、老人とおぼしき腰の曲がった天狗がひとりと中肉中背の男天狗がひとり……。面をつけていないのは小照と萬十郎、それに幸助だけだ。

「おまえがた、なにを冗談《てんごう》してなさる！　そんな面をつけたら私が怖がるとでも思うてか。くだらぬ嫌がらせはやめなんせ！」

萬十郎も、

「わしらにこんな真似して、ただではおかんぞ」

幸助は笑いながら、

「どうだ、小照。負けを認めろ。天狗の鼻が折れたか？」

小照は鬼のような形相《ぎょうそう》で幸助を見つめ、

「絵には素人の芸子や舞妓の言うことなどだれが真に受けようぞ。おまえの竜は竜ではない。私の勝ちじゃ」

「まだわからんのか。――では、絵の玄人《くろうと》に裁きをお願いしよう」

幸助は、腰の曲がった天狗に向かって一礼した。その天狗は面を外《はず》した。小照は蒼白になり、

「せ、先生……なんでここに……」

それは、小照の絵の師、岡沢麦秋斎だった。

「小照、おまえがわしに手ほどきを受けた未熟な技を使うて座敷で絵を描き散らし、客から法外な金を巻き上げているというのは耳にしておった。なれど、それも芸子の世渡りの術と思い、とがめることはせなんだ。だが、こちらの御仁から、おまえの近

頃の所業を聞き、わしのせいでもある、と思い、参ったのだ」

小照は悄然と肩を落としている。

「おまえが描いた竜を見よ。おまえは竜の外見を描いたに過ぎぬが、この御仁は竜の中身を描いたのだ。そこには大きな隔たりがある。画家番付にも載っておらぬのに、世の中にはかかる才のおかたもおられる。うえにはうえがあると言うことだ」

岡沢麦秋斎はそう諭《さと》すと、幸助に深々と頭を下げ、座敷を出ていった。幸助は小照に向き直り、

「これは、と目をつけた客をさんざんおだてておいて深みにはまらせ、最後に得意の鼻を折る。それは女郎の手練手管だが、伊之助と次兵衛に首をくらせたのはやりすぎだ。つぎはお福旦那に首吊りさせるつもりだったのだろうが、今度はおまえの番だったな」

「な、なんのことじゃ。私は知らぬぞえ」

小照は萬十郎のほうを見る。萬十郎が、

「罠《わな》やったか……。けど、わしらがなにかした、ちゅう証拠はあるのか」

「次兵衛がかぶっていた天狗の面の裏側に、阿片とおぼしき薬がついていた」

「そんな面のことは知らんなあ。その次兵衛とかいうやつが勝手に塗っただけやない

のか」

「おまえたちはなにもしていない、というのだな」

「そや。伊之助とかいうやつも次兵衛とかいうやつも、死んでしもたんやろ。ほな、いまさらなんにもきけんわなあ」

「死人に口なしか。——おい、死人、口をきいてやれ」

中肉中背の天狗が面を取った。

「うわっ、お、おまえは……」

「次さん……！」

萬十郎と小照は仰天して立ち上がった。次兵衛はふたりをはったとねめつけ、

「ようもわてをだまくらかしてくれたな。こちらにおられる先生のおかげで命拾いしたのや。わてがおまえらの悪事の生き証人や」

萬十郎はその場に唾を吐き、

「い、生きとったんか……。殺しといたらよかった。——けど、おまえが訴えたかて、女郎に入れ込んで店の金使い込むようなやつの言い草、お奉行所は信じんやろ。女郎と客の揉めごと……ようある話やないか」

「なんやと……！」

次兵衛は萬十郎にむしゃぶりつき、

「わ、わての金返せ！　返しやがれ！」

「アホか。あんな金、マムシの親方に渡したさかいもう一文も残ってないわ」

お福旦那も面を外して、

「死んだ伊之助も、遺書を残しとったのや。ほれ、このとおり……」

そう言ってふところから書状を出した。

「ここに、伊之助は萬十郎と小照にだまされたから死ぬ、と書いてある」

「そ、そんなもん値打ちあるかい。あとからなんぼでもでっちあげられるやないか。あんたが書いたんやろ……ていうか、あんた、めまいがする、て言うてたのはどうなったんや」

「はっはっはっ……小照がわざわざ持ってきたわたいだけのための珍しい酒……ここの女将に言うてこっそり取り替えてもろたのや。あの酒を町奉行所で調べたら、なんぞおもろいことがわかるのとちがうかいなあ。動かぬ証拠、というやつや」

小照はその場に崩れ落ち、

「ああ……私の夢が……」

萬十郎は吐き捨てるように、

「おまえの夢なんぞ知ったことか。なんとかせな、おまえもわしも獄門や。——おいっ、おーいっ！」

窓から顔を出し、扇で手招くようにして叫んだ。

「悶着《もんちゃく》や。早よ上がってこい！」

すぐに女将の、

「あんたらなんやの？　勝手に入ってこんといて。あーれー！」

という声が聞こえたかと思うと、どやどやと男たちが座敷に入ってきた。先頭に立っているのは鼻のやたらと高い男で、匕首《あいくち》を抜いている。

「どないしました？　こいつらを鞍馬山まで連れていったらよろしいのか」

「鞍馬山やない。すぐにあの世に送ったってくれ」

「へへ……承知、承知！」

鼻の高い男は「ええ声」で応えると、脇目もふらず真正面に座していたお福旦那に躍りかかった。おそらく弱そうな相手と見て取ったのだろう。しかし、お福旦那は逃げようともせず、右腕を伸ばすと男の手首をつかみ、そのままぐい、とねじった。

「痛てててて……！　やめろ、骨折れる！」

男は匕首を落とすと涙目になって退いた。ほかの連中が及び腰になったところを、幸助がそこにあった大筆を取り、尻の部分で彼らの額《ひたい》をつぎつぎと小突いていった。カン！　カン！　カン！　カン！　という硬い音が響き、男たちは目を回して倒れた。

「なんだ、弱い天狗たちだな」

「わしらは天狗やない。マムシの蛇兵衛の手下で、萬十郎が逃げんよう見張ってるだけや。金を返してもらうために、ときどき萬十郎の銭儲《ぜにもう》けの手伝いしとるんや」

鼻の高い男が周囲に倒れている仲間たちを見て、震え声でそう言った。

「それなら言うておく。このふたりは首魁《しゅかい》ゆえ、もはや逃《のが》れようがないが、ほかのものは手伝っただけだと言うなら町奉行所で洗いざらい吐いてしまえ。死罪は免《まぬが》れるかもしれぬぞ」

「そ、そやな。わしら、銭ももろてないのに打ち首になるのは割に合わん。よっしゃ、なにもかも話すわ」

萬十郎が、

「な、なんやと！　おのれだけ助かろうちゅうのか。そうは行くか。おまえらも道連れじゃ」

そう叫んで摑《つか》みかかった。ふたりが揉み合っているところへ、

「静まれ！　西町奉行所である。こちらに騙《かた》りの下手人がいるという投げ文があった。

神妙にいたせ！」

西町奉行所同心の古畑と手下の白八《しらはち》である。それを聞くや、萬十郎は身を翻すと窓から飛び出した。両手をばたばた羽ばたかせながら、放物線を描いて落ちていく。そして、地面に激突し、動かなくなった。お福旦那が、

「アホやなあ。天狗みたいに飛べるとでも思うたか。扇子が羽団扇のかわりになるかいな」

古畑は、白八の尻を叩き、

「おい、あいつが首魁に違いない。召し捕るぞ！」

そう言うと先にたって階段を下りていった。その隙を狙って、小照が廊下に出ようとした。四つん這いになり、自分の描いた絵や筆、絵の具などを踏みつけながら逃げていく。目ざとく見つけた幸助は紙の端に指をかけて、ひょい、と持ち上げた。巨大な黒い竜の化けものが小照の顔のまえに立ち上がり、小照は悲鳴を上げてひっくり返った。

「小照さま、卑怯《ひきょう》ぞえ」

「ええ気味じゃ」

「ひとを馬鹿にした罰じゃわい」

朋輩たちが口々に言う。小照は涙を流しながら、

「私はこんなところで終わるような女やない。もっと……もっとうえに行きたかった。そのためにお金が欲しかっただけじゃ。私にはそれだけの値打ちがあるのじゃ。こんな連中と一緒にされとない。屑みたいなやつらのなかから抜け出して、私を見下した客を見返したかった……」

幸助はそんな小照を見つめていたが、

「おい、小照。最後まで憎まれ口を叩いて悪女面を守ることはないぞ」

「え……？」

「おまえにはほかのものにはない絵の才があったではないか。それを持っていただけで、おまえはもう抜け出していたのだ」

「おまえさまも私を虚仮《こけ》にするのかえ。私の竜はおまえの黒いウナギのような竜にとうてい及ばなんだ。私の絵はただうわべだけのもの。絵の才などないのじゃ」

「今は師の真似をしているだけかもしれぬが、そのうちにおのれのものが出てくる。はじめから上手いものなどおらぬ。皆、ひと真似からはじめるのだ。そして、ほかのだれにも似ぬものにたどりつく。そうなれば天下御免ではないか」

「………」

「絵が好きなら、描き続けろ。いつか花開くときが来る」

小照はぼそりと、

「磔《はりつけ》にならなかったら、そうしてみたい……けど……」

そうつぶやき、幸助はかける言葉を失った。そのとき、どこかから、

「わはははははは……」

という高笑いが聞こえてきた。通りすがりのひやかし客が笑っただけかもしれないが、幸助にはそれが、思い通りにならぬ世の中に対する「天狗笑い」のように思えた。

◇

芸子小照、医者萬十郎とマムシの蛇兵衛の手下たちは古畑良次郎《よしじろう》に召し捕られ、西町奉行所に連行された。古畑は曽根崎新地から西町奉行所までのあいだ、

「新地に集う遊客ども、よう聞け！　世を乱す大騙りどもを西町奉行所同心古畑良次郎が召し捕ったり！」

と呼ばわりながら歩いたという。

お福旦那は、茶屋に迷惑をかけた分の詫び料を上乗せして払いを済ませた。幸助は

お福旦那に、

「あと味が悪い一件だったな」

お福旦那も顔をしかめ、

「金がからむと、嫌なもんやな。――古畑に知らせたのはおまはんか」

「ああ。『天狗の投げ文』と書いて、弘法堂の丁稚に届けさせた」

天狗の投げ文というのは、だれから来たかわからない手紙のことである。

「ははははは、それはええわ」

幸助は、お福旦那と連れ立って近くの煮売り屋に行った。こんにゃくを肴に安酒を酌み交わしているとだんだん酔っ払ってきた。

「たしかにあと味は悪かったけど、あんたと組んでなにかするのはおもろいわ」

「俺もだ。今後ともよろしく頼む」

「こっちこそ」

ふたりで一升五合ほど飲んだところで幸助は言った。

「なあ、お福……そろそろどこのだれなのか明かしてくれてもよかろう」

「そやなあ……」

お福旦那はなにかを言いかけたが、

「やめとくわ。すまんけど、もうちょっとだけ待ってくれ。そのうち話せるときも来るやろ」

「そうか。その日を待ってるよ」

「わたいはまだまだあんたの境地には達してないみたいやな。あんたがうらやましいわ。金はないけど天下御免やさかいな」

「わははは……金はないけど天下御免なのではない。金がないから天下御免なのだ。ちがうか？」

そのあとまだ五合ほど飲み足してから、また近々会おうと再会を約束して、幸助はひとりで長屋へ戻ってきた。生五郎が待っていて、

「遅かったやおまへんか。こっちは夕方からずーっと待ってまんのや」

「すまんすまん」

「で、どないだした」

「なにもかも片付いた」

そう言って、ことの顚末《てんまつ》をすべて話した。生五郎は帳面に要旨を書きながら聞いていたが、

「これはいける！　まだ、このこと知ってるのはうちだけや。さっそく刷りにかかり

まっさ。明日の朝一番から売りまくりまっせ。——さあ、先生、絵のほうを頼んます。すぐに取り掛かっとくなはれ」

「今すぐか？　帰ってきたばかりだ。少し休ませてくれ」

「そんな悠長なこと言うてる暇はおまへん。さあ、描いたり、描いたり」

「わかったわかった」

幸助は、絵の道具を包んだ風呂敷を開こうとしたが……ない。

「しまった。あの煮売り屋か！」

酔っ払っていたので忘れてきたようだ。

「不覚……！」

幸助は家を飛び出したが、あわてていたので足もとがお留守になっていた。どぶ板を踏み抜き、顔をしたたか地面に打ち付けた。幸助は倒れたまま、

（くそっ……厄病神め……）

心のなかでそうののしっていた。

この作品は徳間文庫のために書下されました。

徳間文庫

# 貧乏神《びんぼうがみ》あんど福《ふく》の神《かみ》



2019年9月15日 初刷
2020年1月31日 3刷

著者 田《た》中《なか》啓《ひろ》文《ふみ》
発行者 平野健一
発行所 株式会社 徳間書店
東京都品川区上大崎三―一―一 〒141―8202
目黒セントラルスクエア
電話 編集〇三(五四〇三)四三四九
販売〇四九(二九三)五五二一
振替 〇〇一四〇―〇―四四三九二
印刷 製本 大日本印刷株式会社

ISBN978-4-19-894503-9 (乱丁、落丁本はお取りかえいたします)